언젠가
사랑이
그랬습니다

유형길 지음

FOREST
WHALE

들어가며

  손에 펜을 쥐고 기록을 남길 수 있다는 사실이 얼마나 감사한지 모릅니다. 생각해 보면 저의 짧은 세월은 할머니 말마따나 불평불만을 가질 것보다는 감사할 것이 훨씬 많습니다.

  어쩌면 지나긴 당신도 저에게는 그런 사람입니다. 값진 시간의 흔적이 묻은 채로 기억을 잔잔하게 떼어 내고 나면, 휘갈긴 글씨 위로 알아보기 힘든 잔영이 마음 곳곳에 남아 있음을 깨닫습니다.

  떠나간 이유 말고 남아있는 것들에 그 이유를 알기 위해, 그리움으로 나는 글을 씁니다. 그 과정에서 저는 낫기도 하고 반대로 고꾸라지기도 합니다. 혼자만의 마음은 지우고 섬세하고 차분하게 세상을 채워 넣습니다. 모든 마음에 아파할 필요는 없고 이제 더는 미워하거나 미안해하지 않아도 된다고.

이 책이 누군가의 관계보다 지난 나와의 관계를 실처럼 풀어주는, 누군가를 용서하기 전에 내가 나를 용서하고 잠깐이나마 부드럽게 바라보는 그런 시간이 되었으면 좋겠습니다. 그래서 언젠가 훗날 의연함으로 시간을 마주 보고 서로를 마주하기를.

햇빛이 당신 얼굴을 비추던 날. 이제 커피보다는 몸에 좋은 찻잔을 가까이한다는 당신을 떠올리며, 나는 그런 당신의 소중한 머리카락 한 가닥을 손가락으로 넘겨주다 하는 말. 동그란 동공 안으로 어렴풋이 나마 보이는 당신이 남긴 몇 줄을 이해해 봅니다.

2024년 겨울이 녹아 봄이 오듯이.
유형길 드림

차 례

2장
사실 바다는 괴로운 거야

3장
언젠가 당신이 그랬습니다

1장

낡은 편지 한 장

방황 끝 새로운 시작

그날에 하늘은 흐렸다. 무겁게 가라앉은 먹구름이 내 마음을 반영하는 듯이 굴었다. 지하철 소음이 잠시 멀어지고는 내 안의 소리가 더 뚜렷하게 들려왔다. 요즘 자꾸만 나에게 묻는다. '나는 어디로 가고 있는가' 아주 오래되고 낡은 질문이지만 대답은 클래식한 음악과는 거리가 멀게 지극히 청승맞았다.

사람들은 흔히 인생을 여행에 비유하곤 한다. 그럴듯하다. 한 걸음 한 걸음 내디디며 낯선 길을 걷고 때로는 예상치 못한 만남과 이별을 경험하니까. 그런데 나는 내 삶의 길이 자주 막힌 다기보다는 길을 자주 잃는다는 느낌을 받는다. 걷고 있긴 한데 이 길이 걸었던 길은 아닌지 의심이 되는 것이다. 만남과 이별을 너무 많이 겪어서 일까. 만남과 이별을 너무 적게 알아서 일까. 목적지가 있긴 한데, 정말 그곳에 도착하고 싶은 마음이 처음과 같은지를 말이다.

모든 것이 정해져 있는 이 굴레에서 살고 있는 듯한 느낌. 사회, 사람들, 심지어 나조차도 내 인생을 정해진 틀에 주차 시키려 한다. 기본값이다. 나는 그 틀에서 벗어나고 싶다. 나의 생각에 틀에서 먼저 벗어나고 싶다. 벗어나고 있다는 사실조차 모르는 속도로 입지 않는 옷들은 벗어던지고 싶다.

길을 잃은 채, 무작정 걷고 있는 것처럼 느껴지지만 그것이 꼭 잘못된 길은 아니다. 나의 범주에서 길을 잃었기에 새로운 한계에 도달할 수 있고 방황 속에서의 나 자신을 더 깊이 들여다볼 기회의 창을 열 수 있겠다. 각자 사람마다 방황의 시기가 다르고 방황의 깊이가 다르기에 방황의 기쁨도 다다를 뿐이다. 그렇다고 그 이유를 위해서 누구를 원망할 필요는 없다.

이 방황이 끝난 후에 내가 찾는 길은 어디로 이어질까. 혹여 이어지지 않더라도 중간에 뚝뚝 끊겨 나의 길을 다시금 찾게 될지라도. 마지막에 종착지에 도착하지 못할지라도. 최선을 다하다가 땀에 젖은 너와 나 그 자체로 충분한 것은 아닐까.

-
방황을 자초한 문장 하나.
그게 어디 사랑만의 문제일까

한 잔의 여유

커피 한 잔의 여유를 아는 사람은 삶의 리듬을 이해하는 사람이다. 아무리 바쁜 하루 속에서도 시간에 끌려다니기보다는 스스로 분주함을 조절할 줄 안다. 단지 여유로운 삶을 쫓는 것이 아니라 그 여유를 잠깐이라도 자신의 것으로 만드는 사람이다. 한 잔의 커피와 자신 사이에 적당한 거리를 두고 분주한 마음을 가라앉힌다. 그들에게 짧은 휴식이란 단순히 카페인을 섭취하는 시간이 아니라 내면의 소란을 잠재우고 다시 일어설 힘을 모으는 과정이라고 봐도 무방하다.

여유를 두는 사람은 단 5분이라도 소중히 여긴다. 하루 중 짧은 순간을 음미하며 그 속에서 자신을 돌아보는 시간을 챙긴다. 이런 사람들은 대체로 큰 불만을 쏟아내는 대신, 그저 소소한 투정을 부리며 마음을 다스리고 정진한다. 세상과의 불화보다는 스스로와의 조화를 중요시 여기며 기분이 나쁘더라도 그 상태로 하루를 통째로 버리지 않는다.

무엇보다 여유를 가지는 사람들은 자신을 정리하는 습관을 갖고 있다. 잠시 앉아 몸을 쉬게 하고 내가 생각해도 되지 않을 어지러웠던 생각을 하나씩 정리해 나간다. 여기서 말하는 외적인 청소가 내면의 혼란을 가라앉히고 분류한다. 다시금 삶을 추스르는 과정이다. 완벽히 정돈된 삶이란 불가능할지라도 그 속에서 끊임없이 스스로를 다듬고 보듬어 주려는 노력은 일상 속에서 더 큰 여유와 안정감을 가져다준다는 것을.

여유라는 것이 단순한 커피 한 잔으로 끝나지 않음을 누구보다 안다. 그것은 삶의 일부분이며 자신의 리듬을 유지하기 위한 일종의 작은 의식이다. 자잘한 순간을 통해 우리는 한 번 더 내면의 고요함을 회복하고 하루를 다정하고 친절하게 대하는 법. 나에게 어떻게 대할지를. 살아갈 힘을 얻게 되는 것이다.

-

그때 그 시간을 대신 앉아
그럴 수 있었다고 적어보아요

여전히 깊은 웃음소리

가끔 너는 우리의 대화를 마치 옆에서 녹음한 것처럼 정확하게 기억해 낸다. 우리가 주고받았던 말들뿐 아니라 그 순간에 내 마음을 지나쳤던 감정들, 주변의 미묘한 분위기까지도, 그 모든 걸 끄집어낸다. 나를 그 기억에 데려다 놓는다. 휘이 휘이 먼 들판에 바람 소리가 불어오는 것처럼. 너의 그런 능력이 참 신기하면서도 가끔은 너와 나 사이에 거리가 멀게 느껴진다. 하지만 동시에 나는 그런 너의 예민함과 섬세함을 사랑한다. 세상과 끊임없이 교류하는 너의 모습이 나에게도 작은 울림이 되어 손 글씨같이 전해져 온다. 너의 삐뚤삐뚤한 글자가 좋다.

네가 말할 때면, 깨랑 깨랑 한 목소리를 통해 나는 너의 감정 선이 내 안으로 스며드는 것을 느낀다. 실처럼 이어진 너의 노래가 내 안으로 흘러 들어오고, 그 순간 나는 기쁨과 슬픔이 뒤섞여 두려움을 느낀다. 너무도 찬란해서. 그 끝에는 오히려 슬픔이 찾아오고, 슬픔은 너무 깊어 다시 슬픔 없는 슬픔으로 전해진다. 그러다 보면, 너의 해맑은 웃음소리가 천천히 나를 감싸 안다가 두어 번 흐느끼는 사랑에. 시간은 잠시라는 말도 없이 멈춘다.

그리움이 깊으면 꿈에 자주 나온다는 데. 오늘은 이상하게 네가 지금 내 옆에 있는 듯이 생생하게 있었다. 지금은 들을 수 없지만 너무도 익숙한 너의 웃음소리 한 장면이 머릿속을 맴돌다가 멎는다. 너의 온기가 너무 많아서 아직 너무 많아서 그 소리를 따라가다가 네가 뒤돌아보면 잠시 나도 뒤돌아 봤다가 그렇게라도 안 하면 꿈속에서 사라질까 봐. 너와 함께 있는 기분에 아주 잠깐이나마 살아본다. 세상 모든 소리가 사라지는 듯한 너의 하얀 목소리만이 선명하게 울려 퍼지는 그런 순간.

나는 여전히 너의 방에 들어가 나올 때에는 문을 열고 나온다. 아픈 네가 웃는다.

—
당신은 여전히 아프고
당신은 여전히 맴돌고
당신은 여전히 웃어요.

작가의 길

글을 쓰는 일이 마음에 들지 않을 때, 그로 인해 내
내 안달이 나는 순간들이 있다. 쓰고 싶은 마음조차
사라지고 마음이 더 이상 책상 위에 머물지 않을 때,
그때 모습이 나의 전부인 것처럼 느껴져 사랑하기는
커녕 스스로를 바라볼 수도 없을 때가 온다. 이런 상
황 속에서 모든 것이 얽히고설켜 불편해지고 괘씸함
이 찾아온다. 그렇지만 그 순간조차 나는 쓰는 생각을
멈추지 못한다. 나의 현실이 나 자신을 속박하고 그것
이 나의 전부인 것처럼 착각하게 가로막는다.

생각에서 빠져나오지 못하고 그저 겉만 벗겨지는
것처럼 느껴질 때. 나는 나 자신이 제대로 서 있는지
도 의심하게 된다. 그러나 돌이켜보면, 포기하고 내
려놓고 싶은 그 예민한 기질이 어쩌면 게으른 나에게

가장 필연적인 고통일지 모른다. 작가는 본래 힘든 순간을 견디며 지우고 싶은 감정들을 적어내는 사람이다. 내가 알고 있는 것이란 자칫하면 작가였던 말들 과거에 머물며, 스스로도 그 과거에 묶여 버릴 수 있다는 것이다.

아프지만 사랑했던 마음, 상처받아 보고 싶지 않은 감정, 그 모든 것을 적어내야 하는 것이 작가의 숙명이다. 무너지면 무너진 대로 글에 담기는 것이고, 범벅이 되면 범벅이 된 상태로 감정들이 아우러져 끝이 보이지 않던. 어두운 길 끝에 작은 불빛이 보이면 그제야 삶의 태도가 정리되기 시작한다. 그렇게 널브러진 채로 불편할 땐 아무것도 할 수 없고 조급한 마음은 눈앞의 것을 보지 못하게 만든다.

그래서 다시 나는 고개를 들어 산을 바라본다. 나의 도움 어디서 오는지. 그 속에서 복잡하게 얽힌 내 꿈들을 하나씩 분리해 내고, 세상 속에서 나만의 산행을 찾아 나선다. 저 멀리 불빛이 번쩍한다.

오늘은 그 사람을 쓰다가 데었다

막간을 이용해 원고를 쓴다. 아직도 전작이 마음에 남아 있는 것인지. 아니면 그때 내가 너무 만족스러웠던 것인지. 지금은 진전이 없어도 글은 언제나 인사 없이 조용히 나를 기다리고 있었다. 그 점이 참 감사했다. 과거의 그 황홀했던 순간에 기대어 건사하고 있음을 때때로 강하게 느낀다. 나의 느낌을 글로 옮기고, 그 글을 다시 행동으로 옮기려 한다. 나는 불행해지지 않으려 글을 쓰는 것이 아니라 불행에 불을 지피지 않으려 글을 쓴다. 사랑하는 누군가를 줄줄이 써내려가면서 그 사랑을 배워가듯, 나는 글속에서 사랑의 무언가를 찾는다.

자주 나에게 무엇이든 쓰라고 했던 사람을 기억한다. 글은 쓰여야만 그 속에서 사랑이 얼마나 깊었는지를 확인할 수 있는 유일한 도구다. 사랑은 기다림에서 시작되지만 글 속에서 사랑의 온도가 다시 확인된다. 글은 때때로 솔직함을 담기도 하지만 더 중요한 것은 얼마나 오랫동안 한 사람을 사유했는지를 보여주는 것이다. 글을 통해 한 사람의 물기가 내게 얼마나 묻어 있는지, 그 흔적을 나는 알 수 있다.

어쩌면 글은 네가 나에게 남긴 무형의 증거일지도 모른다. 그 증거는 내 안에 남아 다시 네게로 옮겨붙고 또 다른 곳으로 전해진다. 그 과정에서 사랑의 씨앗은 점점 더 활활 타오른다. 이 불꽃은 붉은빛을 띠며 내면을 일격하고 너의 아름다운 사랑이 산불처럼 내 안에서 번져 나간다.

-

자주 나에게 무엇이든 쓰라고
했던 사람을 기억한다.
오늘은 그 사람을 쓰다가 데었다.
당신이 얼마나 깊었는지를 알아서.

눅눅하고 꾸깃꾸깃한 편지

　당신의 수많은 흔적들이 내 안에 남았습니다. 퇴근
길에 나눈 대화들, 편안한 웃음소리, 그리고 아무도
몰랐으면 좋겠다는 어렴풋한 마음. 그런 순간들이 눅
눅하게 마음에 스며들어 있네요. 시간이 지나면서도
잊히지 않고, 오래된 책처럼 흙 아래에 흔적들은 내
안에서 존재감을 발하고 있어요.

　우리가 함께한 시간이 때로는 평범했을지 몰라도
그 안에 담긴 감정들은 참으로 소중했답니다. 퇴근길
에 당신과 나눈 그 작은 대화들이 지금은 내 안에서
크게 울려 퍼지고 있어요. 그때는 일상 속에 흘러가는
이야기였을지 모르지만, 이제는 그 속에 우리의 모든
감정들이 고스란히 담겨 있다는 걸 알게 되었죠.

아마도 당신은 우리의 순간들이 잊힐 거라고 생각할지도 몰라요. 그러나 나는 그때의 대화들과 웃음, 그 미묘한 감정들을 마음 깊이 간직하고 있어요. 그 기억들은 내 안에서 조용히 자라나며 쉽게 사라지지 않을 것 같아요. 당신의 흔적들이 이렇게 내 마음속에 남아 나를 감싸고 있다는 사실이 때론 위로가 되고 때로는 작은 슬픔으로 다가오기도 해요.

이 모든 것들이 나에게는 소중한 기억으로 남아 있습니다. 당신이 내게 남긴 그 순간들은 오래된 편지처럼, 눅눅하면서 꾸깃꾸깃하고 그날에 잊을 수 없는 향기로 가득합니다.

낯설고 이상하고 불편하고

오랜만에 글을 씁니다. 하지만 그렇다고 해서 글을 완전히 놓은 것은 아니었습니다. 오랜만이라는 말은 그동안 글을 쓰긴 썼지만, 마음에 들 만큼 만족스러운 글을 적지 못했다는 뜻이기도 합니다. 최근에는 스스로가 낯설게 느껴지는 순간들을 많이 경험하느라 내가 아닌 것 같은 시간을 보내며 그 속에 적응하느라 힘이 들었습니다.

요즘은 내가 되고 싶은 모습과는 거리가 먼 시간들이 많습니다. 처음 보는 나의 모습에 당황하며, 성장통을 겪는 듯한 기분이죠. 이런 내가 너무 싫어서 혼을 내고 싶고, 내다 버리고 싶고, 심지어 포기하고 싶다는 생각이 들 때도 있었습니다. 다정하게 나를 돌보기는커녕, 도망가고 싶을 정도로 나 자신이 낯설고 불편하게 느껴지곤 합니다. 그런데도 참 이상한 건, 이런 나를 거부하는 마음이 오래 지속되진 않는다는 겁니다. 힘들수록 결국엔 다시 나 자신과 친해지고 싶은 마음이 생기거든요. 아주 가끔이지만요.

　이런 낯설고 어색한 모습들 속에서도 사랑은 찾아옵니다. 나는 나 자신을 어떻게 사랑해야 할지조차 모르겠는데, 상대방은 왜인지 나의 부족한 모습마저도 좋아해 줍니다. 사랑이란 무엇일까요. 나를 붙들고 놓지 않으려는 힘이 있는 것처럼, 사랑은 내가 가장 숨기고 싶은 나의 부서진 조각들마저 드러나게 만듭니다. 그럼에도 불구하고 상대는 내게 쓸모없지 않다고 말해주니, 이 모든 상황이 어색하고 불편하기도 합니다.

　"주어도 주어도 더 주고 싶고, 놓치고 싶지 않은 사람이 있느냐"라는 아빠의 물음에, 나는 전화 너머로 조용히 고개를 끄덕였습니다. 어떻게 해야 할지 몰라야 진정한 사랑이 더 깊어지는 걸까요. 그런 마음이 들어요. 물론, 그럴 수 없다는 것을 알지만, 다신 사랑할 수 없을 때까지 사랑하고 싶다는 마음이 듭니다.

이렇게 나를 갈팡질팡하게 하는, 당신은 끝없이 내게 뛰어듭니다. 어푸어푸.

못생긴 글

    매일매일 나 자신이 좋고 사랑스러울 수 있는 사람은 거의 없죠. 보면 볼수록 스스로가 못나 보이고 짜증 나기도 하고, 마주하기조차 버거운 날들이 있습니다. 작가라는 이유로 그런 나 자신이 더욱 선명하게 느껴질 때가 있습니다. 하지만 저는 그럴 때마다 이런 삶을 포기하지 않고, 어떻게 하면 내 주변에 그것을 장식할 수 있을지 고민합니다.

    최근에 글쓰기 심화반 수업 중, 한 분의 글이 '못생겼다'는 말을 했습니다. 처음에는 당황스러운 표정이었지만, 제 설명을 듣고 나니 이해하셨죠. 저는 좋은 글을 쓰는 것보다, 개성이 있고 못생겼을지라도 세상에 하나뿐인 나 자신, 그리고 그 나라는 독자에게 반응을 불러일으키는 작가가 되고 싶다고 말했습니다.

매일 겪는 고통과 위기 속에서도 잠식되지 않고 헤쳐 나가는 그 힘이 작가를 만드는 게 아닐까요. 고통을 기회로 비꿀 수 있다는 전에서 오늘도 살아갈 가치가 있다고 생각합니다.

작가는 글이 안 써지는 날들을 더 많이 경험합니다. 책이 읽히지 않고, 공부가 안되고, 원하는 결과가 나오지 않을 때. 그럴 때마다 포기하고 싶은 마음이 듭니다. 하지만 저는 그런 삶을 방치하지 않으려 노력합니다. 글이 안 써지는 시간을 잘못된 것으로 느끼기보다는, 나의 마음 상태를 먼저 돌아봐야 한다고 생각합니다. 그렇게 생각하면 오늘을 이겨낼 수 있는 힘이 생기진 않을까 하고.

잠을 충분히 자고, 아침에 일어나 산책을 하고, 좋아하는 사람과 이야기를 나누고, 먹고 싶은 음식을 먹고, 읽기 싫었던 책을 다시 꺼내 들고, 듣고 싶던 음악을 듣습니다. 그렇게 글이 안 써지는 날도 나의 일부로 받아들이고, 멍한 감정 속에서 다시 평안함을 찾습니다.

삶에서 여유는 포기할 수 없습니다. 사진을 찍을 때도 초점이 흐려지거나 장면이 흔들릴 수 있지만, 그때마다 초기 설정으로 돌아가고 하나씩 확인하며 여유를 찾는 과정이 중요합니다.

당신은 작품입니다

삶이 크게 변화하는 시점은 어쩌면 삶에 대한 태도가 바뀔 때일지도 모릅니다. 나를 믿고 사랑하기 위해서는 먼저 나를 받아들이는 과정이 필요합니다. 그러나 엄밀히 말하자면, 단순히 내키는 대로 나를 받아들이는 것과는 조금 다릅니다.

받아들이는 것 그 너머에 있는 '수용'이란 무엇일까요. 아마도 나를 하나의 예술 작품처럼 바라보고, 그 속에 담긴 의미를 감상할 줄 아는 능력일 것입니다. 나의 거친 부분들조차도 예술 작품의 일부라고 생각한다면, 관객의 관점에서 나를 있는 그대로 깊이 바라보는 것이 가능해질 겁니다.

내가 했던 말이나 행동의 의미를 파헤치고, 그 이유를 알아가는 능력을 기르는 것. 이것은 내가 내뱉는 말들 속에 담긴 의도를 더 명확하게 파악하는 데에도 도움이 됩니다. 결국, 나를 하나의 걸작품처럼 계속해서 의미를 부여하고, 더 다양하고 면밀하게 해석하려는 노력이 삶에 대한 태도 변화와 깊이 연결되어 있다고 할 수 있습니다.

참으로 사랑의 역설

사랑은 참 신기하게도 나 자신에 대해 깊이 고민하게 만들어요. 내가 지금 잘 지내고 있는지, 그렇지 않다면 왜 그렇지 못했는지. 이런 질문들이 끝없이 떠오릅니다. 이 생각들이 어디서 오는 걸까요. 아마도 사랑을 통해 나 자신을 더 바라보게 되고, 더 나은 사람이 되고 싶은 마음에서 비롯된 걸 거예요.

만약 내가 당신이라면, 당신을 위해서라도 더 나은 사람이 되고 싶을 거예요. 내가 지금 좋은 사람인지, 아니면 나쁜 사람인지. 그리고 당신에게 좋은 사람인지, 나쁜 사람인지를 생각하는 순간들이 있습니다. 그런 고민을 하는 동안 나는 스스로에게 끊임없이 질문합니다. 내가 더 나은 사람이 되려면, 과연 여기서 얼마나 나아져야 할까요.

사랑이란 결국 나를 돌아보게 하고, 나를 알아가는 과정이라는 생각이 듭니다. 나를 더 알아가야만 당신을 더 사랑할 수 있기 때문이죠. 물론, 그런 과정을 여러 번 겪었다고 해서 그 아픔이 무뎌지는 건 아닙니다. 아직까지 고통스럽고, 스스로를 바꾸고 싶은 마음이 들곤 합니다. 그래도 그 과정을 무시하고 외면하는 건, 결국 나 자신만을 사랑하는 선택일 거예요. 사랑을 포기한다는 것은 결국 나만 바라보게 된다는 걸 알기에, 나는 그 길을 가려고 합니다.

사랑이 나를 더 나은 사람으로 이끌어가고, 나를 고민하게 만든다는 사실이, 참으로 사랑의 역설인 것 같아요.

-

당신 말마따나
열렬히 사랑했던 만큼
아주아주 멋진 사람이 될게
우리가 어떻게 손을 잡았는지 모를 정도로
아깝지 않은 시간이 될게.

너는 그런 사람이야

있잖아, 네가 스스로 미워했던 그 부질없음이, 너의 모자람이, 너의 부족함이 지금의 너를 완성시켰다고 하면 믿을 수 있을까. 그런 면들이 결국 너를 만든 중요한 요소들이었다면, 과연 그 사실을 받아들일 수 있겠니.

사실, 너는 그런 사람이야. 아무것도 아닌 것처럼 보이는 조각들로도 스스로를 끝없이 만들어내는 사람. 황무지를 너의 무대로 만들고, 구름 없는 하늘에 너의 손길을 기다리게 하는 사람 말이야. 보이니. 저 하늘 위에 떠 있는 그저 그런 구름이 아니라 네 눈빛을 따라 움직이는, 너의 손길을 기다리는 하늘이. 세상이 아무리 텅 비어 있다고 느껴지더라도, 세상이 너를 신경 쓰지 않는다 해도, 너는 너 스스로 끝없이 변하고, 스스로를 만들어가는 사람이야.

이것만은 기억해 줘. 좋은 일이든 나쁜 일이든, 사랑
을 많이 하든 적게 하든, 충분하지 않다 해도, 충족되
지 않는다 해도 상관없다는 걸. 너는 이 세상을 살아가
는 동안 가벼움과 무거움 사이를 오가며 사라졌다 나
타났다를 반복할 수 있어. 그리 대단할 필요도 없어.
중요한 건 그 모든 것과 상관없이, 네가 이 세상에 존
재하는 한, 너는 사랑받을 자격이 충분하다는 거야.

네가 때때로 느끼는 부질없음이나 모자람이 오히
려 너를 더 풍부하게 만드는 거라면, 그건 네가 이 세
상에서 사랑받을 가치가 있다는 증거가 아닐까.

너는 그런 사람인 거야. 소중한 사람.

-

소중한 사람.

힘들 때 떠올리면 위로가 되는 사람.

함께 있으면 따뜻해지는 사람.

소중함을 말로 다 표현할 수 없는 사람.

너는 그런 사람인 거야.

완벽함 포기하기

행복이란 무엇인지 우리는 명확히 알지 못할 때가 많다. 하지만 그럼에도 불구하고 행복을 느끼는 순간은 찾아온다. 행복의 정의를 알고 있어야만 행복을 느낄 수 있는 것은 아니다. 오히려, 행복은 완벽함을 추구할 때보다는 그 완벽함을 내려놓았을 때 더 피부에 와닿게 다가오는지도 모른다.

살다 보면 우리는 완벽해지려고 애쓰는 순간들을 자주 접하게 된다. 직장에서든, 인간관계에서든, 혹은 자신의 내면에서든 완벽한 모습을 유지하려고 노력한다. 하지만 완벽함은 늘 우리의 손끝에서 미끄러지는 듯 멀리 느껴진다. 도달할 수 없는 신기루처럼, 가까워질수록 더 멀어지기도 한다.

그래서 완벽함을 포기하는 선택이야말로 진정한

자유를 가져다줄 수 있다. 완벽을 내려놓을 때, 우리는 자신을 있는 그대로 받아들일 수 있다. 불완전한 자신을 인정하는 순간, 그 안에서 오히려 평안과 행복을 느낄 수 있다. 행복은 완벽한 상태에서만 오는 것이 아니라 부족함을 인정하는 데서 시작된다.

완벽함을 추구하지 않기로 결심한 사람은 그 순간부터 삶의 작은 결점을 더 이상 비극으로 여기지 않는다. 불완전함 속에서도 충분히 가치 있는 삶을 살고 있다는 깨달음이 찾아온다. 그들은 조금씩 흘러가는 시간 속에서, 완벽하지 않음에도 불구하고 스스로에게 만족할 줄 아는 법을 배운다. 이들은 실패나 실수 앞에서도 좌절하지 않는다. 대신 그 모든 경험이 자신을 이루는 일부임을 이해하고, 그로부터 성장할 기회를 찾는다.

완벽을 포기한다는 것은 곧 자신의 한계를 받아들이는 것이고, 그 한계를 통해 더 넓은 가능성을 열어두는 것이다. 우리는 완벽해질 필요가 없고, 그렇기에 언제든 다시 시작할 수 있는 힘을 가지게 된다.

파도 위에 둥둥

사랑은 나의 세계를 잠식하는 침몰입니다. 오랜 시간 동안 내가 애써 항해해 왔던 배, 때로는 삐걱거렸던 그 배가 어느 순간 사랑이라는 거대한 바다에 부딪히게 되죠. 그 충돌은 나를 무너뜨리기도 하지만, 부서진 조각들 위에서 나 자신을 발견하게도 합니다. 그 조각들 위에서 떠다니며, 누군가가 나를 태우고 다시 나아갈 수 있게 되는 그 순간이 찾아옵니다.

사랑은 나를 파도 위에 둥둥 떠 있게 만들고, 더 이상 내가 파도를 타기 위해 애쓰는 것이 아니라, 도리어 파도가 나를 붙들어줄 수 있게 합니다. 그저 파도에 내 몸을 맡기고, 그 흐름 속에서 나는 무언가 새로운 것을 찾게 됩니다. 사랑은 때로는 거칠게, 때로는 부드럽게 나를 삼켰다가 다시 내어줍니다. 그 안에서 나는 더 이상 저항하지 않고, 자연스러운 흐름 속에서 내 자신을 느낄 수 있게 되는 거죠.

하늘 가까이에서 모든 것이 허락된 듯한 이 자유로움 속에서, 나는 허공에 떠 있는 것처럼 느낍니다. 사랑은 나를 무너뜨리지만 동시에 나를 자유롭게 만들어요. 내가 두려워했던 것들을 하나둘씩 허물어뜨리고, 그 부서진 조각들 속에서 새로운 나 자신을 발견하게 해줍니다. 이 침몰은 끝이 아니라, 또 다른 시작을 의미합니다.

사랑이란, 내가 쌓아온 것들을 깨뜨리고, 그 깨진 조각들 속에서 다시금 나를 재탄생하게 만드는 힘입니다. 그것은 나의 중심을 흔들고, 그 안에서 내가 몰랐던 나를 깨닫게 하는 과정입니다. 내가 더 이상 항해를 이끌지 않고, 그저 바다에 나를 맡기며 사랑이라는 거대한 힘이 나를 어디로 데려가든지 허용하는 것이지요. 그리고 그 속에서 나는 진정한 자유와 평화를 찾게 됩니다.

사랑은 내가 생각했던 것보다 훨씬 더 깊고 넓은 바다입니다. 그 안에서 우리는 흔들리고, 때로는 가라앉기도 하지만, 결국 다시 떠오르며 새로운 그리움을 발견합니다.

-

험한 사랑에 휩쓸리던 배처럼
다다를 수 있다고 믿었던 사람도
멀어져 가네요.

사랑은 이기고 지고의 문제가 아니다

사람이 사랑으로 인해 변화할 수 있다는 말은 오랫동안 나를 사로잡았던 생각이었다. 그 변화의 가능성에 너무 집중한 나머지, 어느 순간 나는 나 자신만을 사랑하고 있었던 것 같다. 사랑을 지키려는 마음이 너무 컸던 탓일까, 너는 내가 아니어도 괜찮다고 말했지만, 나는 그 말이 너무 두려워서 더욱 애쓰며 사랑을 붙잡으려 했다.

나는 그때 나만 사랑하면, 그 사랑이 다시 돌아올 거라 믿었다. 내가 먼저 나를 사랑해야 사랑이 지속될 거라고 착각했던 것 같다. 하지만 무엇이 나를 진짜 변화시키는지, 무엇이 사랑인지는 잊고 살았던 건 아니었을까.

믿음, 소망, 사랑 중에 왜 사랑이 가장 큰 가치로 여겨질까를 다시 생각해 본다. 아마도 그것은 사랑이 용기에 기반을 두고 있기 때문이 아닐까 싶다. 사랑은 단순한 감정이 아니라, 상처를 넘어서는 용기를 필요로 한다. 그 용기가 사랑을 만들어내고, 사랑은 내가 지키려고 했던 것들만이 아니라, 놓쳤던 것들까지도 다시금 소중히 여기게 만든다.

사랑은 슬플 때 끝까지 슬퍼할 수 있는 용기를 주고, 다시 기뻐할 수 있는 희망을 준다. 때로는 모든 것이 무너질 것 같아도, 사랑은 다시 일어설 힘을 준다. 사랑은 죽을 것 같은 순간에도, 차라리 그 아픔을 통과해 다시 사랑할 용기를 준다.

결국, 사랑이 가장 위대한 이유는 다른 사랑과 경쟁할 필요가 없기 때문이다. 사랑 안에는 이기고 지는 것이 없고, 그 안에 담긴 유일함이 모든 것을 가능하게 만든다.

-
결국, 우리의 사랑이 위대했던
이유도 다른 사랑과 경쟁할 필요가
없었기 때문이야.
사랑 안에는 이기고 지는 것이 없고,
그 안에서 모든 것을 가능하게 하니까.

새로운 계절

계절의 끝이 언제 오는지 생각하던 중, 당신이 내게 서서히 다가오고 있다는 것을 느낍니다. 그러자 계절에 대한 생각은 점점 뒤로 밀려나고, 그저 당신의 존재가 내 안을 채우기 시작합니다. 계절은 멀어진 것이 아니라 단지 밀려난 것이지요. 바람이 커튼을 흔드는 그 감촉이 조금씩 무거워지고, 더 깊어진 것처럼, 나 역시 당신과 조금씩 더 가까워집니다. 마음 한구석이 채워지면서도, 동시에 칼칼해지는 감정들이 생깁니다.

이런 변화 속에서 영원히 간직하고 싶은 무언가를 나누고, 그 안에서 서로를 아끼고 베풀 수 있기를 바랍니다. 바람 속에서 자라나는 작은 씨앗처럼, 우리의 관계도 이 계절 속에서 자라나고 있음을 느낍니다. 나보다 더 많은 것을 주고받을 수 있는 당신에게 감사

합니다. 이 가을이 우리에게 특별한 시간이 되기를 진심으로 바라고 있습니다.

계절은 단순히 시간의 흐름일 뿐만 아니라, 우리의 관계 속에서도 변화를 느끼게 해주는 요소입니다. 바람이 조금씩 차가워지고 나뭇잎이 붉게 물드는 동안, 우리의 마음도 점점 더 깊어지고, 그 안에서 소중한 감정들이 싹트고 있습니다. 당신과 함께 맞이하는 이 가을은 단순한 계절의 변화가 아니라, 우리 안에서 무언가가 성장하고 있는 아름다운 시간이 되기를 소망합니다.

이렇게 새로운 계절이 찾아올 때마다, 우리는 그 안에서 새로운 가능성을 발견하게 되고, 서로의 마음을 조금 더 깊이 이해하게 됩니다. 그리고 그 안에서 느끼는 감사함이, 지금 이 순간을 더욱 특별하게 만들어 줍니다.

-
이 시간이 우리에게만 특별한
추억이 되기를 간절히 바라고 있겠습니다.

2장

사실 바다는
괴로운 거야

아무것도 없다는 것이 나의 가장 큰 장점

1. 요즘 절실히 느끼는 것이 있다면, 작품이 끝나고 나서 그 속에 갇힌 세계로부터 얼마나 빨리 빠져 나올 수 있느냐가 중요한 문제라는 것이다. 작업을 하면서 스스로 제각기 만들어낸 틀 안에 오래 갇혀 있다 보면, 때로는 그것이 영감으로 이어질 수도 있지만, 비판적으로 바라보면 내가 구축한 세계를 무너뜨리지 못하고 우왕좌왕하는 자신을 발견할 때가 있다. 이 과정에서 완성도에 대한 집착이 위험한 선택으로 이어질 수 있다. 작품의 완성도가 높다고 해서 무조건 좋은 작품은 아니다. 자칫하면 자아도취에 빠져 벗어나지 못하고, 그로 인해 글의 리듬과 흐름을 깨뜨릴 위험도 있다.

2. 이 시간을 잘 털어내야 한다. 다음 작품, 즉 새로운 세계를 탐구하는 과정은 나를 비상구 찾는 데에만 몰두하게 하거나, 탈출을 위해 허비하는 일이 되어선 안 된다. 그것은 나의 생각들을 차분히 정리하고, 필요 없는 부분들을 제거하는 과정이다. 그 과정을 통해 나는 더욱 자유롭고 본질에 가까워질 것이다. 불필요한 것들이 사라질수록, 진짜 중요한 것들이 뚜렷하게 드러날 것이다.

3. 청춘은 어떤 사람을 만나느냐가 중요한 시기다. 사람을 통해 내 시야가 넓어지고, 내가 간과했던 부분들을 다시 발견하게 된다. 이 과정은 단순히 사람들을 걸러내는 것이 아니라, 그들의 생각과 말들을 통해 나를 돌이키고 성장하는 과정이다. 사람을 통해 나를 더 잘 이해하게 되는 것이다. 타인을 더 밝히면 밝힐수록, 나의 시야는 더욱 넓어지고, 내가 남겨주는 만큼 그 사람도 나에게 남겨진다.

4. 내가 얼마만큼 주고 있는지, 그 가치를 충분히 제공하고 있는지, 시간을 얼마나 투자하고 있는지를 명확히 따져보지 않으면, 그 목적이 흐려지고 결국 실망스러운 결과를 맞이하게 될지도 모른다. 이런 반성은 나에게도 필요하다.

5. 나에게 특이한 점이 있다면, 영향을 받은 책을 읽고 나서 그 작가의 배경과 관계들을 찾아보며, 그 사람을 이해하려는 노력을 한다는 것이다. 책을 온전히 이해하기 어려운 순간에도, 그 책을 만든 사람을 알게 되면 더 많은 것을 깨닫게 된다. 그 사람이 되기까지 어떤 영향을 받았는지, 어떤 사람들이 그에게 영향을 주었는지를 파헤치는 과정에서 나 역시 성장한다. 내가 되고 싶은 사람이 있다면, 그 사람을 만들어준 주변 사람들을 찾아내고, 그 영향을 나의 삶에 반영하는 것이다.

6. 역설적으로, 누군가 나를 사랑하게 만드는 가장 빠른 방법은 내가 그 사람이 되는 것이다. 내가 그 사람처럼 행동하고, 그 사람의 특징을 닮아가며,

그의 향수를 불러일으킬 수 있다면, 그 사람은 나를 더 가까이 느낄 것이다. 결국, 우리는 서로에게 스며들며 닮아가는 존재들이다.

7. 오늘도 아무것도 없다는 사실이, 어쩌면 나의 가장 큰 장점이라는 것을 믿으며.

사랑의 유효함

사랑을 시작하면, 나의 생각과 말투, 행동까지 모든 것이 달라집니다.

주변 사람들의 눈에는 분위기가 사뭇 달라졌다고 느껴질 것입니다. 어디가 어떻게 변한지는 모르겠지만, 뭔가 바뀐 듯한 느낌을 주죠. 사랑하는 사람의 입장에서는 "이 정도로 나를 생각해 주다니, 나 없는 시간에도 나를 떠올리다니"라는 감동을 받게 됩니다.

사랑을 하면서 우리는 자주 생각하게 됩니다. 한 사람을 위해 시간과 마음을 쓰고, 하지 않던 행동까지 하게 됩니다. 굳이 하지 않아도 되는 수고스러움을 기꺼이 감내하면서 말이죠.

그러면서 스스로 묻기도 합니다. 사랑하면서 정말 내가 바뀐 순간은 언제일까. 어떤 나로 변한 걸까.

이 모든 변화가 중요하겠지만, 진짜 큰 변화는 내가 이만큼이나 당신을 사랑하고 있다는 사실을 깨닫는 것입니다. 그리고 내가 이렇게까지 사랑할 수 있는 사람이라는 걸 알게 되는 순간, 그 변화가 가장 크고 확실하죠.

내가 듣고, 생각하고, 말하고, 느끼는 것들. 그 모든 것이 사랑 속에서 새롭게 태어난 나의 모습입니다. 사랑하는 내가 조금 어색하게 느껴질지 모르지만, 그것이 바로 진정한 변화일지도 모릅니다.

시간이나 환경이 바뀌어서가 아니라, 나를 완전히 뒤바꿀 수 있는 용기를 사랑이 선물해 준 것이니까요.

사랑에게는 과거의 나도 여전히 유효할 겁니다. 비록 그때의 내가 철저히 다른 모습이었더라도, 사랑은 언제나 새로운 변화를 가져오니까요.

-
당신을 시작하고 나서
나의 생각과 말투 행동까지
그날 이후로 모든 것이 달라졌습니다.
모든 것이 당신이 되어 있었습니다.

그 속에서 얻는 순간

"처음엔 천천히, 남들 따라가지 말고."

영화 말아톤 속에서 코치가 초원이에게 속도 조절을 원하며 했던 말입니다. 이 대사는 우리 인생에도 적용될 수 있는 중요한 조언처럼 느껴집니다. 남의 속도에 맞추다 보면, 나는 내 속도를 잃고 말죠. 가끔은 나도 모르게 그런 생각이 듭니다. 지금 내가 속도 조절을 실패한 건 아닐까 하고요.

막상 인생이라는 마라톤을 달리다 보면, 언제 이 일을 시작했는지조차 잊게 됩니다. 반환점은 어디쯤일지, 혹은 그 반환점이 있는지조차 헷갈릴 때도 많습니다. 내가 어느 지점에 다다르고 있는지 알 수 없고, 달리던 심장은 갑자기 벌렁거리기 시작합니다. 불안함이 밀려오는 순간입니다.

일찍이 인생의 속도를 깨닫고, 남들과 비교하지 않겠다고 다짐한 적이 있었습니다. 내 속도로 가고 있다고 스스로에게 확신을 주었지만, 그럼에도 불구하고 지금의 속도가 잘 보이지 않을 때가 많습니다. 지금 내가 제대로 가고 있는 것인지, 아니면 또 한 번 방향을 잃고 있는 것인지 말이죠.

우리 모두가 천천히 돌고 싶은 중요한 지점이 있습니다. 그 지점들은 꼭 누군가가 앞서가며 정해준 이정표가 아닐 수도 있습니다. 그동안 나는 남들이 미리 정해둔 길을 따르려고 애썼지만, 사실은 내 속도로, 내 방식으로 다가가고 싶은 길이 있었던 겁니다.

인생의 길을 걷다 보면, 어떤 순간들은 나만의 꽃이 피기도 하고, 나만의 바다가 보이기도 합니다. 그때 느껴지는 것들이 진정 중요한 것이 아닐까 생각해 봅니다. 속도를 조절하는 데 실패한 것처럼 느껴질 때도 있지만, 그 속에서 얻은 순간들과 기억들은 나에게 의미 있는 것들이었으니까요.

그 순간들은 내가 예상하지 못한 방식으로 다가오기도 합니다. 그 과정에서 느꼈던 넉넉한 마음이 나를 지나가는 시간 속에서, 스쳐 지나가는 당신처럼 머물렀습니다. 남들과 비교할 필요 없이, 나의 길을 가는 것이 결국 나에게 주어진 중요한 인생의 과제임을 깨닫습니다. 속도가 느려지거나 빨라지더라도, 내가 걸어온 발자취는 나만의 것이고, 그 발자국들 속에 내 인생이 새겨져 있습니다.

그러니 남의 속도를 체감하기보다는, 내 속도를 사랑하고 그 속도에 맞춰 걸어가는 것이 중요합니다. 때로는 느리고, 때로는 더디게 보일지라도, 그 모든 순간들이 모여 나만의 인생을 완성해 줄 것이니까요.

레슬링

잘하고 못하고를 떠나, 내 앞에 서서 나를 막으려는 벽에 부딪힐 때면, 수없이 무너졌던 기억이 많습니다. 스스로의 한계 앞에서 나는 자주 주저앉았고, 불안에 휩싸인 얼굴과 긴장으로 굳어진 몸은 나를 더욱 초라하게 만들었습니다. 지나간 차가운 겨울이 내 속에 스며들어, 바들바들 떨며 나 자신을 제대로 마주할 수 없었던 순간들. 그때마다 나는 현실을 똑바로 바라보지 못하고 피하고만 싶었습니다.

그렇게 나는 여러 번, 수없이 많은 시간 동안 던져졌습니다. 링 위의 선수처럼, 선을 넘어가기도 했고 다시 링 안으로 돌아오기도 했습니다. 그러나 링 안에서도, 밖에서도 넘어진 나, 던져진 나를 마주한 사람은 항상 나 자신이었습니다. 아무리 힘들고 넘어져도,

그 자리에 남아 있는 사람은 나였고, 내가 겪는 모든 아픔과 실패도 결국 나의 일부였습니다.

하지만 그 모든 실패 속에서도 한 가지 깨달은 것이 있습니다. 수백 번, 수천 번 넘어진 나라도, 그 순간을 버티고 있는 내가 곧 나라는 사실입니다. 던져진 그 사람, 힘겨워도 버텨온 그 사람도, 끝내 나 자신이었습니다. 링 위에서 서 있는 내가 곧 나라는 진실을 받아들이기까지 많은 시간이 걸렸지만, 그 진실을 받아들이는 순간, 나는 변화하기 시작했습니다.

이제는 더 이상 넘어지기만 하는 내가 아니라, 그 자리에 온전히 나로서 서고 싶습니다. 나를 부정하지 않고, 있는 그대로의 나를 사랑하는 방법을 배우기 시작했습니다. 그리하여 지금 이 자리에서 한 번 더, 발의 방향을 틀기로 했습니다. 거대한 변화가 아니라, 작은 한 걸음을 떼는 것이지만, 그 한 걸음이 나에게는 큰 의미를 지닙니다. 새로운 길을 향해 나아가는, 나를 있는 그대로 받아들이는 첫 발걸음입니다.

링 위에서 다시 한번 서는 용기를 내는 것입니다. 수많은 실패와 두려움 속에서도, 내가 나 자신을 사랑하고 존중할 수 있는 자리를 만들어 가는 일. 똑같이 던져진 나일지라도, 그 나로서 조금씩 앞으로 나아갈 수 있다는 것, 그것이야말로 나의 가장 큰 변화일 것입니다. 내가 더 나은 사람으로 성장하는 출발점이 될 것입니다.

나는 나를 말하는 사람

북토크를 마치고 돌아오는 길에 문득 실감이 났습니다. 너무나 과분한 사랑이 떠올라, 눈물이 핑 돌았습니다.

중학교 2학년 방학, 하고 싶은 것보다 하기 싫은 게 더 많던 그 시절. 처음으로 아빠가 저에게 제안을 했습니다. 당시 휴넷에서 주관하는 성공스쿨에 가보라는 부탁이었지요. 그때 저는 억지로 건물에 들어갔고, 마음 한편에선 왜 그렇게 싫었는지도 모른 채 도망치고 싶었습니다. 한 번은 정말 뛰쳐나갔고, 겨우겨우 7주 과정을 마쳤습니다.

그런데 북토크를 준비하면서 그 수료식 마지막 날이 떠올랐습니다. 코치 선생님께서 "어떤 사람이 되고 싶냐"고 물으셨을 때, 저는 이렇게 답했지요. "나는 누군가에게 나를 말하는 사람이 되고 싶어요."

많은 시간이 흘렀습니다. 그리고 문득 스스로에게 묻게 됩니다. 이제 나는, 정말 나를 말할 수 있는 사람이 되었을까요. 혹은 그럴 준비가 된 걸까요.

어제 북토크 자리에서, 쑥스러워 다 말하지 못한 게 있습니다. 비가 많이 오던 어느 날, 저는 빗속으로 들어갈 수 있었습니다. 두려움을 극복할 수 있었던 진정한 원동력이 무엇이었을까 곰곰이 생각해 보았습니다. 아무리 생각해도, 아무리 부정하려 해도 답은 단 하나였습니다. 사랑. 나를 향한 누군가의 끊임없는 사랑이었습니다.

한 사람을 향한 사랑, 그 사람의 믿음과 확신이 저를 송두리째 바꾸었습니다. 지금은 곁에 없지만, 그 사람은 저를 이렇게까지 변화시켜 주었습니다. 닫혀 있던 제 세계를 한없이 열어준 그 한 사람. 그 사람 덕분에 나는, 나를 말할 수 있는 사람이 되었습니다.

"반드시 너는 할 수 있다" "네가 아니면 누가 할 수 있겠냐"는 말로 저를 믿어준 그 사람. 책이 나오는 순간보다, 이 순간을 더 기다려준 그 사람에게 전하고 싶습니다. 당신 덕분에 저는 당당히 나를 말할 수 있는, 그토록 원하던 사람이 되었습니다. 감사합니다.

덕분에 나는 당신의 이어서, 찬란할 수 있었습니다.

격려 연습

매일 아침, 나는 나에게 어떤 말을 해줄지 고민한다. 하루를 시작하며 가장 먼저 마주하는 사람은 바로 나 자신이기 때문이다. 좋아도, 싫어도 나와 가장 먼저 대면하는 사람은 나다. 그래서 나에게 어떤 좋은 말을 해줄 수 있을지 생각하게 된다. 그 말 한마디가 내 하루를 어떻게 이끌지 알기 때문에, 가능하면 더 나은 방향으로 나를 격려해 주고 싶은 마음이다.

이런 생각은 가급적 전날부터, 잠자기 전부터 시작된다. 내일 아침의 나에게 무슨 말을 건네줄지 미리 준비하는 거다. 그렇게 준비할수록, 쾌락이나 즉각적인 만족감보다는 더 맑고 말끔한 정신이 찾아온다. 나를 무조건 좋다고 추켜세우거나, 그 순간의 감정에 휘둘리는 것이 아니라, 내일을 향한 기대감과 새로운 의미를 발견할 수 있도록 마음을 다잡는다.

내일이 단순한 반복이 아니라, 새로운 시작이 될 수 있기를 바라는 마음으로, 나는 나에게 고운 말을 건넨다. "오늘의 너도 참 잘하고 있어", "내일은 더 나아질 거야" 같은 짧은 말들이지만, 그런 말들이 쌓여서 나를 긍정적인 방향으로 이끌어 준다. 어쩌면 하루하루 이렇게 나에게 좋은 말을 건네는 것이, 나 자신에게 줄 수 있는 가장 큰 선물이 아닐까 싶다.

나를 격려하고, 나를 이해하는 이 작은 습관이 결국에는 나를 성장시킨다. 내게 고운 나를 선물하는 일. 그것이 바로 나를 향한 가장 큰 배려이자, 내가 나에게 할 수 있는 가장 중요한 약속이다. 이렇게 매일 아침 나를 위한 말을 고민하는 과정이, 나 자신과의 관계를 더 깊고 단단하게 만들어 가는 줄 믿는다.

-
당신 덕분에 나는 그토록
원하던 사람이 되어 볼 수 있었어요.
내가 당신을 사랑하던 것보다
당신이 나를 얼마나 사랑하는지가
더 중요했어요.
확실한 것은 내가 생각했던 것
그 이상으로
당신이 나를 사랑했다는 사실
그 하나를 시간이 알려주었어요.

내가 선택한 불안

　오늘 나는, 쉬운 길을 택하다가 넘어졌다. 아무리 간절하더라도, 저마다의 이야기를 대신 살아갈 수는 없는 법인데, 나는 그 사실을 잊고 있었다. 가장 소중한 경험은 부딪힘 속에서 얻어진다는 것을 간과한 채, 이야기꽃이 피어나는 과정을 손쉽게 얻으려 했던 것이다. 그동안 배운 것들을 뒤로한 채, 나는 손쉬운 길을 선택했다.

　쉽게 얻으면 불안해진다. 쉽게 얻은 나에게는 이야기가 없기 때문이다. 가진 것이 있어도, 그것을 타인에게 설명할 수 없고, 내 존재가 구차하게 느껴진다. 수많은 관계들을 한곳에 모아두면서도, 그 관계들이 의미를 가지지 못하는 나를 미워하는 것이 쉽지 않다.

그럼에도 불구하고, 도전해 봤다는 것에 후회는 남지 않는다. 내 이야기를 꺼내 보았다는 것에 미련이 남지 않는다. 내가 아닌 것을 깔끔하게 포기하니, 오히려 가야 할 방향이 명확해진다. 실수도 있었지만, 그 실수 덕분에 진짜 내가 나아가야 할 길을 발견한 것이다.

어느 정도의 부끄러움은 나를 성장하게 한다. 부끄러움을 아는 내가 성숙해지는 과정이다. 헤아려야 한다. 내가 뱉은 말은 책임지고, 그 말들이 떨어진 곳에서 벌어지는 일들도 내가 주워 담아야 한다. 못할 게 뭐가 있을까. 못한 게 무엇이었을까. 삶은 그런 틈새에서 얻어지는 것들로 채워지는 것이니까.

오늘 내가 선택한 길에서 넘어졌다고 해서 실패한 것은 아니다. 그 넘어짐 속에서 진짜 나를 찾고, 내가 걸어가야 할 길을 발견하게 되었다. 이 과정이야말로, 나를 더 단단하게 만들어 주는 성장의 한 부분이다.

기름이 떨어진 달리는 차 안에서

아빠는 다녀온 곳이 좋으면 꼭 나를 그곳으로 데려가곤 했다. 어린 나를 위해 아빠는 아름다운 자연의 풍경을 함께 나누고 싶어 했다. 그 폭포의 꺾임, 거칠게 떨어지던 물의 힘찬 움직임, 숲속에서 들려오던 잎사귀가 부딪히며 내는 소리들. 아빠와 함께한 그 모든 순간들이 내 기억 속에 선명하게 남아 있다. 그날의 바람, 그 낭떠러지에 서 있던 아빠의 뒷모습이 유독 아련하게 느껴졌다.

그때마다 아빠는 가족들에게 묻곤 했다. 이곳이 정말 멋지지 않은지 아빠는 그 경이로운 자연을 통해 우리에게 무언가를 보여주려 했던 것 같다. 그런데 나는 종종 궁금했다. 왜 아빠는 그토록 이 순간들을 함께 나누고 싶어 했을까. 아빠가 나에게서 어떤 표정을 기다렸던 걸까. 내가 그 자연을 보고 느끼기를, 그리고 그 감동을 기억하기를 바랐던 걸까.

아빠는 자연의 경이로움을 통해 사랑을 표현한 것 같았다. 그 사랑은 굳이 말로 설명하지 않아도 느낄 수 있었다. 아빠는 자연의 소리와 모습 속에서 나와 함께 그 감동을 나누고 싶어 했지만, 정작 많은 말은 하지 않았다. 그저 우리 둘 사이에 흐르는 그 조용한 순간들을 소중히 여기는 듯했다.

어쩌면 아빠와 함께한 그 시간들은 나에게 자연이 주는 감동 이상의 것이었다. 그것은 아빠가 나에게 준 사랑의 표현이었다. 그 순간들 속에서, 나는 아빠가 나에게 보여주려 했던 것, 그리고 나를 위해 준비한 그 모든 것들을 조금씩 이해하게 되었다. 아빠는 내가 그곳에서 무엇을 느끼고, 어떻게 반응할지 기다리며, 나의 성장을 지켜봐 주었다.

어른이 되어 다시 그곳에 가보면, 나는 그때 아빠가 느꼈던 감정들을 조금은 이해할 수 있을 것 같다. 그

경이로운 자연을 함께 나누며, 사랑을 말하지 않고도
서로를 깊이 느낄 수 있었던 그 순간들. 아빠는 자연을
사랑했고, 그 사랑을 통해 나에게도 사랑을 전했다.

그리고 나는 이제 알게 되었다. 아빠를 향한 할아버
지의 사랑이 또한 항상 거기에 있었다는 것을.

정성스러운 꽃

엄마가 보내준 사진을 가만히 들여다본다. 화면 속에는 엄마가 정성스럽게 가꾼 꽃들이 한가득 피어 있다. 그 꽃들을 보고 있자니 마음이 따뜻해진다.

나는 문득 깨닫는다. 나는 언제나 꽃이나 봄처럼 당신을 떠올리게 하는 것들을 참 좋아했구나. 그 작은 순간들이 내게 당신의 존재를 느끼게 하는 계기가 되었던 것 같다.

어린 시절, 추운 겨울에 엄마가 끓여주던 동태찌개 속 말캉말캉한 무가 생각난다. 그 겨울의 따스한 기억이, 지금의 꽃을 바라보며 다시 살아난다. 그 시절의 당신도, 지금의 당신도 나에게는 이렇게 따뜻한 존재다.

그러나 한편으로는 궁금해진다. 당신은 지금 내 곁에 없는데, 어떻게 그 사진 한 장만으로도 내게 이런 따뜻한 마음을 전해줄 수 있는 걸까. 꽃이 피지 않은 계절에도, 당신은 언제나 내 마음속에 피어있는 듯하다.

엄마가 보내준 사진 한 장이 나에게 다시금 깨닫게 해준다. 그 꽃잎들 속에는 당신의 사랑이, 당신의 마음이 가득 담겨 있다는 것을.

-
아나요. 우리가 우리라는 이유만으로
그 마음이 가득 담긴다는 것을요.

시간은 시간대로 사랑은 사랑대로

누군가 내게 잠깐의 시간을 내어준다면, 나는 그 시간을 고마워해야 합니다. 누군가에게는 당연하게 여겨지는 그 시간이, 다른 누군가에게는 영원히 누릴 수 없는 시간일 수도 있기 때문입니다.

엄마가 청춘이었을 때의 사진을 보며 문득 그런 생각이 들었습니다. 아직 다녀간 적 없는, 그러나 꼭 말하고 싶은 시간. 내게는 영영 볼 수 없는 시간이 하나 더 있습니다.

부모와 자식 간의 시간도 그런 것 같습니다. 자식은 부모의 젊은 시절을 직접 볼 수 없고, 부모는 자식의 지나가는 순간을 다 알 수는 없습니다. 그런데도 이상하게 슬프지 않습니다. 오히려 그 시간을 간직하고 싶다는 생각이 듭니다.

왜일까요. 나는 그 시간을 통해 같은 흐름을 느낄
수 있습니다. 이제는 사랑을 억지로 알려고 하지 않습
니다. 두 눈으로 보지 못했어도 몸으로 느끼는 시간처
럼, 사랑도 때로는 그저 느끼는 것만으로 충분할 때가
있습니다.

시간은 시간대로, 사랑은 사랑대로 두는 것. 그것이
어쩌면 당신과 내가 또다시 한 시점에서 만나는 방법
일지도 모릅니다.

가치와의 싸움

이제는 책이 나와도 기쁨은 잠깐이다. 3주도, 3일도, 3시간도 지속되지 않는다. 주변의 반응도 예전처럼 반갑지 않다. 무미건조하다는 표현이 더 정확할 것이다. 그렇다면 왜 계속 책을 쓰는지 궁금할 수도 있다. 그전에 스스로 묻는 질문이 있다. 나는 나의 삶을 완성하기 위해 어떤 노력을 하고 있는가. 삶의 결말을 알 수는 없지만, 결말을 지으려는 마음은 크다.

내게 글이란, 순간순간의 각오를 담아내는 매개체다. 책은 그저 그러한 순간들의 또 다른 집합일 뿐이다. 어떤 순간도 다른 순간보다 더 크지 않다. 우리는 한순간의 기쁨으로는 절대 행복을 얻을 수 없는 존재임을 알기 때문이다.

나는 책이 나오는 그 결과보다는, 그 과정에서 더 큰 기쁨을 느끼기에 책이 나왔다고 크게 기뻐하지 않는다. 물론 기쁘지 않다는 건 거짓말이지만, 나는 과정에서 기쁨을 얻기 위해 노력한다. 과정을 무시하면 괴로운 순간들이 찾아오고, 그 괴로움은 작가로서의 질문에 답하지 못하는 답답함을 만든다. 나는 스스로가 작가가 아님을 들키는 것만큼 부끄러운 순간은 없었다. 차라리 비판을 받는 게 낫다. 그래서 나는 다시 그 괴로움을 자초하지 않으려 글을 쓰고 있다.

쓰지 않고 있으면서 쓰는 삶, 쓴 글과 삶이 일치하는 삶. 작가가 되기로 결심했다면 그 순간부터 끝없는 여정이 시작된 것이다. 나는 이 자세가 작가의 내실을 다지고, 작가다운 기풍을 만들어낸다고 믿는다. 등단이나 책 내기 같은 것은 부차적인 일이다. 중요한 건, 계속해서 글을 쓰며 세상에 대해 순수한 질문을 던지는 사람만이 진정한 작가라고 생각한다. 그렇지 않은 이들은 작가라고 인정하기 어렵다.

이건 글쓰기뿐만 아니라, 사진을 찍을 때도, 그림을 그릴 때도, 노래를 부를 때도 마찬가지다. 나는 책보다는 삶 자체가 책이 되고 싶다. 창밖의 거리에서 펼쳐지는 일상의 순간들을 기록하면서 하루하루 써 내려가는 기쁨을 느낀다. 모든 순간을 적을 수 있으면 좋겠지만, 우리의 시간은 유한하다. 남들이 지나치는 작은 아름다움들을 묘사하고 나면, 내가 세상의 아름다움을 함께 창조하고 있다는 착각이 들기도 한다.

오늘도 나는 나의 가치와 싸운다. 이 과정이 모든 어려움을 이겨내는 힘이 된다. 그리고 결국 내게 찾아올 수밖에 없는 결과를 기다린다.

10km 마라톤

　시기마다 스트레스를 해소하는 방법이 달라지다 보니, 기존의 방식만으로는 부족함을 느끼기 시작했다. 예전에는 노래방에서 좋아하는 가수의 노래를 부르거나 기타를 치며 머리를 식히곤 했는데, 지금은 그 방법들이 나를 충분히 위로해 주지 못했다. 내가 달라져서인지, 아니면 스트레스를 받아들이는 방식이 달라진 건지 모르겠지만, 기쁘면서도 행복하지 않은 상태에 머무는 내 모습이 싫었다.

　그러다가 어느 날, 갑자기 무작정 뛰어야겠다는 생각이 들었다. 머릿속에 입력된 것처럼, 뛰지 않으면 견딜 수 없을 것만 같았다. 그래서 최소한의 복장을 챙겨 밖으로 나갔다. 최소한의 복장이라고 해봤자 반바지와 얇은 티셔츠였다. 한여름이라 뛰는 동안 뜨거운 열기를 감당하는 게 쉽지는 않았다. 그런데 놀랍게도, 뛰고 나니 마음이 후련해졌다. 땀을 흘리며 온 몸을 내달리는 동안 내 안의 스트레스가 씻겨 나가는 듯한 개운함이 느껴졌다. 내가 노래로 외치고 기타로 풀어내던 것과는 또 다른 해방감을 맛본 순간이었다.

그 후 나는 러닝을 진지하게 해보기로 결심했다. 바로 5km 마라톤에 신청했다. 러닝이 유행이라 그런지 신청할 곳을 찾는 것도 쉽지 않았다. 마침내 어렵게 찾아 신청한 마라톤에 참여하게 되었고, 처음에는 걱정이 앞섰다. 과연 완주할 수 있을까 하는 두려움도 있었다. 하지만 막상 달려보니, 달리는 동안 내 몸과 마음이 하나가 되어가는 기분이었다. 몸이 힘들었지만, 점점 더 경쾌해지는 발걸음에 맞춰 마음이 가벼워지는 것을 느꼈다. 그렇게 5km를 완주했을 때의 성취감은 생각보다 컸다. 나 자신을 극복한 순간이었고, 그 순간의 기쁨은 오래도록 남았다.

5km를 완주하고 나서는 더 큰 도전이 하고 싶어졌다. 그래서 이번에는 10km 마라톤에 도전하기로 했

다. 도전 의식이 생기면서 러닝이 내 삶의 일부가 되어가고 있었다. 10km를 준비하는 동안 러닝의 매력을 더욱 깊이 느꼈다. 몸은 분명히 더 힘들었지만, 그 과정에서 더 큰 성취감을 기대하게 됐다.

그리고 마침내 10km 마라톤 날이 다가왔다. 처음에는 긴장이 되었지만, 막상 달리기 시작하자 몸이 자연스럽게 적응해 나갔다. 점점 숨이 가빠지기도 했지만, 그럴 때마다 내 자신을 다잡으며 한 걸음 한 걸음 내디뎠다. 그렇게 10km를 완주했을 때 느낀 기쁨은 이루 말할 수 없었다. 5km 때보다 더 큰 성취감과 함께, 나는 내가 어디까지 해낼 수 있는지 깨닫게 되었다.

이제 러닝은 단순한 운동을 넘어 나 자신과의 고성이 오가는 대화가 되었다. 스트레스 해소 이상의 의미를 찾게 되었고, 내 삶에서 러닝을 빼놓을 수 없는 중요한 부분으로 자리 잡았다. 5km부터 10km까지의 여정은 단순한 도전이 아니라, 내 삶을 한 단계 더 성장시키는 과정이었다.

긴 실연

뉴질랜드에서 친구가 한국에 도착했다. 오랜만에 만난 친구와 함께할 곳들을 생각하니 나는 설렜다. 되도록 그가 기억에 남을 장소로 데려가고 싶었고, 그가 가보지 않은 곳들을 찾아보았다.

"여긴 가봤어?"

"응, 가봤지."

그렇게 한참 고민하다가, 결국 한국의 정겨움을 느낄 수 있는 시장으로 결정했다. 만나자마자 그를 안았다. 말투도, 외모도 그대로였다. 오랜만에 봤지만 변한 게 없어 나는 멋쩍은 웃음을 지었다.

"배고프지?"

"나 한 끼도 못 먹었어."

"그래, 얼른 가자."

뜨거운 여름날, 시장을 걸어 다니다가 친구가 물었다.

"너 여기 아는 데 맞아?"

"당연하지."

사실 내가 자주 가던 단골집이 아닌 새로운 곳으로 들어가고 싶어서 망설였지만, 결국 자신 있게 처음 가는 곳으로 들어갔다. 다행히 음식은 맛있었다. 떡볶이와 전을 먹고 싶었고, 사실 육회를 꼭 먹여보고 싶었다. 다행히 친구도 흔쾌히 먹겠다고 했다.

하지만 친구는 음식을 깨작거렸다. 얼굴에 알 수 없는 근심이 가득했다.

"무슨 일 있어?"

친구는 젓가락을 내려놓으며 말했다.

"나 그저께 헤어졌어. 정신이 하나도 없어."

헤어짐은 누구에게나 힘든 일이라는 걸 알기에, 나는 웃음이 나왔다.

"왜 웃어?"
"미안, 웃지 말라니까 더 웃음이 나."

사실 최근에 회사 동료도 헤어져서 나에게 전화를 걸어 울던 기억이 떠올라 웃음이 났던 것이다.

"너는 모르겠지만, 나는 처음으로 헤어진 거야."

서른이 넘어서 겪는 첫 헤어짐이라니, 묘한 기분이 들었다. 나도 예전에 겪었던 첫 이별과 그 아픔들이 떠올랐다. 왜 우리는 그토록 첫 경험에 집착할까.

그날 이후 친구는 내내 상실감에 빠져 있었다. 어디를 가도 그의 머릿속은 이미 다른 생각으로 가득했다. 나 역시 얼마 전에 이별을 겪어서 그런지, 친구의 이야기를 듣는 것이 쉽지 않았다. 때로는 버겁기도 했다.

연애를 몇 번 겪으면 다음 연애는 덜 아프다고들 하지만, 최근 이별이 첫사랑처럼 아프지 않았다면 그만큼의 사랑을 못 한 건 아닐까. 혹은 상처에 무뎌진 걸까. 사랑을 잘하는 사람처럼 보이는 사람도 사실은 상처를 더 이상 감당할 수 없는 상태일지도 모른다.

첫사랑은 처음의 아픔이 있지만, 그 아픔을 통해 나를 더 깊이 들여다보게 한다. 이후의 사랑은 그 아픔에 익숙해져서 또 다른 아픔을 느끼기 마련이다. 결국 우리는 어떻게 사랑할지 모르게 된다.

사랑은 매번 다른 색의 상처를 남긴다. 그 상처의 색은 우리가 어떤 사랑을 해왔는지를 말해준다. 사랑이란 매번 새로운 아픔으로 다가오며, 그때야 비로소 마음에 자리 잡는다. 그래서 상처는 남아 있고, 서랍 어딘가에 감춰져 있다가 서서히 번진다. 사랑했던 만큼 깊숙한 곳에 자리 잡고, 그 추억은 서랍을 열자마자 그대로 남아 있다.

내가 놓아줬거나 놓아주지 못했다 해도, 떠올린 그
사람은 그 모습 그대로 그 다음을 살아가고 있을 것
이다.

묵상노트

나는 엄마의 성실함을 깊이 존경한다. 그녀는 부지런하고, 청결하며, 배려하는 것이 몸에 밴 사람이다. 같이 살 때는 그게 당연한 줄 알았지만, 혼자 지내면서 그녀의 성실함이 얼마나 어려운 일인지 깨닫게 되었다. 조금만 신경 쓰지 않으면 금세 지저분해지는 자취방을 보며, 삶의 태도를 꾸준히 지켜간다는 것이 얼마나 힘든 일인지를 실감한다.

엄마는 늘 내 주변을 돌봐주셨다. 내가 먹을 한 끼를 위해 정성을 다했고, 내가 편히 발을 뻗고 쉴 수 있도록 집안을 깔끔하게 유지했다. 내가 입을 속옷 하나까지 챙겨주며 매일 나를 돌봐준 시간들이 있었다. 그 당시에는 모든 것이 당연하게 느껴졌지만, 이제는 그 시간이 얼마나 귀중하고 고결한 희생이었는지 깨닫게 되었다. 그것은 단순한 노동이 아니라, 엄마가 나를 사랑하고 돌보는 방식이었다.

엄마는 단지 성실하게 가사를 돌보신 것만이 아니라, 글을 잘 쓰는 사람으로서 묵상 노트를 꾸준히 기록해 오셨다. 엄마의 글은 단순한 일상의 기록을 넘어서, 깊이 있는 생각과 마음을 담아낸 성찰의 흔적이다. 그녀는 매일 묵상하며 자신만의 글을 써 내려갔고, 그 글들은 단순한 개인의 일기를 넘어, 기록이 변화에 얼마나 큰 영향을 끼치는지를 간접적으로 체감할 수 있었음을.

엄마의 묵상 노트는 그녀가 삶을 어떻게 성찰하고 있었는지를 엿볼 수 있는 소중한 흔적이다. 그녀는 하루하루 지나가는 순간을 허투루 보내지 않고, 그 안에서 배운 것들을 글로 담아내며 스스로를 돌아보았다. 그 기록은 일종의 마음의 연습이자, 매 순간을 소중하게 받아들이는 엄마의 태도를 보여준다. 나는 엄마의 이러한 습관을 통해, 순간의 가치를 다시금 깨닫게 된다. 기록은 단순한 메모가 아닌, 그 순간을 더욱 의미 있게 만드는 겉옷임을 알게 되었다.

엄마의 성실함은 단지 행동에서 끝나지 않는다. 그것은 그녀의 태도이자, 삶을 대하는 철학이다. 나를 위해 기꺼이 희생한 시간들, 나의 삶을 지켜봐 주고 돌봐준 그 모든 순간들 속에서 나는 엄마의 진심을 느낀다. 엄마의 배려와 헌신은 매일의 일상 속에서 끊임없이 이어졌고, 그 모든 순간들이 모여 나의 현재를 만들어주었다.

이제 나는 엄마의 성실함을 단순히 감사하는 것을 넘어서 뭐든지 기록하는 사람들까지 존경하게 되었다. 그녀의 성실함은 단지 엄마의 몫이 아닌, 나도 배워야 할 삶의 자아실현이라는 것을 알게 되었다. 엄마가 꾸준히 써 내려간 묵상 노트는 나에게도 중요한 교훈을 준다. 엄마가 어떻게 성실하고 깊이 있는 삶을 살아가는지를 보여준 그 기록들은, 내가 앞으로 어떤 마음으로 기록해야 할지에 대한 방향을 제시해 준다.

엄마가 나를 돌봐준 시간들은 그저 희생으로만 남지 않는다. 그 시간들은 나에게 중요한 삶의 가치 중에 하나로 자리 잡았고, 나는 그 가치를 지켜나가며 살아갈 것이다.

-

당신을 사랑했어요. 아주 많이요.
우리가 헤어지고 나서도 사랑했어요.
더 많이요.
지금도 뒤돌아 봤을 때
당신이 여기 있을 만큼.

진실된 사람

진실된 관계는 언제나 나에게 고민거리였다. 나는 작은 약속 하나에도 쉽게 서운함을 느끼는 사람이다. 겉으로는 아무렇지 않은 듯 행동하지만, 마음 한구석에는 항상 응어리가 남는다. 최근에 이런 마음을 동생 정우와 상담하다가, 그가 했던 말이 아직도 머릿속에 남아 있다.

"작가님이 괴로운 이유는, 말 하나하나에 진실되게 대하기 때문인 것 같아요."

이 말은 나를 돌아보게 했다. 나는 정말 말과 관계에 진실되게 대하고 있었던 걸까. 아니면 그 진실함이라는 것이 나에게 더 큰 무게로 다가와 나를 괴롭게 한 건 아닐까. 나는 작은 약속도 소중히 생각하고, 누군가와의 대화에서도 진심을 담으려 노력한다. 하지만 그 진심이 상대방에게도 동일하게 느껴질 것이라는 기대가 오히려 나를 상처받게 만든다. 어쩌면 나는 진실됨을 내 방식으로만 정의하고, 그에 미치지 못하면 실망하거나 서운해하는 것이 아닐까.

관계는 늘 어렵다. 모든 관계에는 불완전함이 존재하고, 그 불완전함을 받아들이는 것이 성숙한 태도라는 것을 알면서도 나는 자주 그 불완전함을 용납하지 못했다. 사람들과의 관계에서 완전한 이해와 공감을 기대하며, 나의 진실함에 대한 보답을 원했다. 하지만 진실된 관계는 내가 기대하는 것처럼 항상 서로가 완전히 맞아떨어지는 것이 아니라는 것을 점점 깨닫는다. 사람은 각자 다른 생각과 감정을 가지고 있고, 나의 진실함이 상대방에게도 동일한 의미로 전달되지는 않는다.

진실됨이란, 나의 입장만이 아니라 상대방의 입장에서도 생각하는 것이 아닐까. 내가 어떤 말을 할 때 진심을 담는 것처럼, 상대방도 자신의 방식으로 진심을 표현하고 있을 것이다. 그 진심이 나와는 다른 모양으로 나타나더라도 그것을 인정하고 받아들이는 것이 중요하다. 관계란 서로의 진실함이 조금씩 어긋나는 지점에서 시작되는 것이며, 그 어긋남을 이해하고 맞춰가는 과정이라고 생각한다.

어쩌면 나는 진실된 관계를 너무 이상화하고 있었는지도 모른다. 완벽한 이해와 공감, 그리고 같은 진심을 기대하는 것은 현실에서 불가능할지도 모른다. 진실된 관계란, 상대방의 다름을 인정하고 그 속에서 내 마음의 진심을 전하는 것, 그리고 그 다름 속에서도 함께하려는 노력이 아닐까.

내가 누군가에게 기대를 거는 순간, 그 기대는 나만의 잣대가 될 수 있다. 그 잣대를 넘어설 수 없는 상대방에게 서운함을 느끼는 것은 어쩌면 자연스러운 일이지만, 동시에 내가 만든 틀 속에 관계를 가두는 행위이기도 하다. 단언컨대 진실된 관계는 관계의 틀을 없애는 것이다. 기대를 넘어, 그 사람의 진심을 있는 그대로 받아들이고, 억압하지 않으면서 자유롭게 표현하는 것. 그 속에서 나도, 상대방도 서로의 진심을 조금씩 알아가는 것이 아닐까.

관계에서 중요한 것은 서로의 다름을 존중하고, 그 다름 속에서 진실함을 찾아가는 과정이다. 진실됨은 완벽한 일치가 아니라, 불완전한 서로를 인정하는 데서 시작된다는 것을 잊지 말아야겠다.

당신을 조용히 감싸안는다

오늘 하루를 이어주던 저 문이 닫히고 나면, 또다시 혼자만의 밤이 찾아온다. 자정이 지나면서 마음은 점점 가라앉지 못한 감정들로 가득 채워진다. 누군가에게서 들었던 이야기, 시간이 많이 흘렀지만, 정리되지 않은 생각들이 머릿속을 파노라마처럼 스쳐 지나간다. 기뻤던 순간들, 슬펐던 일들, 내가 사랑했는지, 아니면 증오했는지조차 분명하지 않은 감정들이 혼재된 채 나를 흔들어 깨운다.

머릿속에서 꼬리를 물고 이어지는 생각들, 어쩌면 내 것이 아닌 듯한 고민들, 이해하고 싶었던 말들, 경험하지 못했지만 머릿속에서만 맴돌던 삶의 한 조각들. 그리고 궁금한 그 사람. 어딘가로 흘러가지만 결코 손에 잡히지 않는 생각들처럼, 우리도 뜻 모를 어딘가로 흘러가고 싶은 존재인지도 모르겠다. 같은 시간 속에서 헤매고, 길을 잃은 듯한 이 감각. 익숙지 않아 피하고만 싶었지만, 결국 고독 속에서 마주한 나 자신을 스치고 있다.

오늘은 그 문을 스스로 닫아본다. 침대에 몸을 뉘고 네모난 천장을 바라본다. '우리'는 어디서부터 어디로 흘러가는 것일까. 지금까지 버텨온 나의 삶이 앞으로 나아가기 위한 질문들로 가득 차, 나를 조용히 감싸안는다.

웃고 떠들던 사람들, 손을 내밀어 보았던 관계들, 연인과의 대화 속에 담긴 따스함과 외로움. 문을 여닫으며 스쳐 지나갔던 무수한 순간들. 그 굵직한 문들 사이에서, 오늘도 당신은 나처럼 그 생각들에 괴로워하고 있을까. 그런 당신을 대신해, 오늘은 내가 당신이 되고 싶다.

-
나는 그런 당신을 대신해서
내가 당신이 되고 싶습니다
당신의 슬픔을 쓰고 당신의 슬픔을
그리고 싶습니다
내가 쓰고 그리는 동안은
아프지 않았으면 합니다

사실 바다는 괴로운 거야

파도를 알고 나면 바다가 궁금해지고, 바다를 알고 나면 사람을 알고 싶어져. 저마다의 일렁이는 물결과, 그 속에서 얼마나 많은 감정을 숨겨왔는지를 알고 싶잖아. 혹시 나만 그런 건 아닐까, 혹시 그 사람에게도 무너져버린 관계가 있을까 궁금해지는 거지. 물이 빠지면 찾아오는 외로움, 그건 누구도 쉽게 견디기 어려운 거니까. 하지만 시간은 바다를, 그리고 그 바다를 지나온 파도를 너무 많이 알려주잖아.

바닷길에서 올려다보는 별들도 우리를 거두고 변화해 가. 서로 다른 빛을 비비며 새하얀 시간을 보내면서. 어느 순간, 그 변화를 지나면 원하던 누군가가 되어 있거나, 과거의 모습에 가까워져 있는 자신을 발견할지도 몰라. 남들처럼 살면서도 남들처럼 살기 싫어하는 우리, 남들과 다르게 살고 싶지만, 속으로는 남들의 삶을 부러워하기도 하지. 결국 존재란 시간 속에서 늘 평행선을 그리며 나아가는 거야.

모든 사람을 완전히 이해하는 건 불가능해. 시간을 쏟아부어도 각자의 내면을 알 수 있는 건 극히 일부일 뿐이니까. 이미 그 사람은 그 자신에게서도 멀어져 있을 수 있어. 결국 우리는 처음부터 타인이었고, 타인으로 남을 수밖에 없는 존재들이야. 언어와 입맞춤으로 우리라는 그릇을 만들어도, 결국 술잔을 부딪치는 순간 시간은 흘러가 버리고 말지.

애석하지만, 누군가를 나의 파도로 나누고 나의 바다에 담그는 건 불가능해. 시간은 짧고, 우리는 완전히 이해할 수 없는 존재들이기 때문에, 그래도 누군가를 이해하려는 노력 자체가 중요한 거야. 그것만으로도 충분해. 나조차도 내 지나간 시간들을 음미하며 스스로 이해했다고 착각할 때가 있는데, 누군가를 완전히 안다는 것 역시 그저 착각일지 몰라. 사실, 바다를 안다는 건 괴로운 일이야. 내 마음을 훔쳐 갔다가 잠잠해지면 다시 누군가의 파도가 궁금해지고, 그 파도가 나와 닮았을까 고민하게 되잖아.

그러니 각자의 파도를 아끼고, 각자의 바다를 사랑하는 게 중요해. 결국엔 우리는 누군가를 대신할 수 없는 존재들이야.

영화 노트북

노트북이 다시 개봉된다는 소식을 들었을 때, 내 안에 묻어두었던 사랑의 기억들이 불현듯 떠올랐다. 사랑이란 게 참 묘하다. 그녀는 내게 사랑이 있을 거라고, 희망을 품게 했지만, 정작 나는 그 사랑을 믿지 않고 싶었다. 사랑을 다시 시작한다는 마음을 품는 게 두려웠기 때문이다. 사랑하려면 결국 이별도 준비해야 한다는 생각이 나를 짓눌렀던 것 같다.

시간이 흐른다고 사랑의 흔적이 작아지진 않는다. 다만, 그때의 마음이 너무 커져 버려 이제는 그 감정을 스스로 다독일 수 있게 되었을 뿐이다. 그토록 커다랗던 사랑이, 이제는 미소 지으며 추억으로 떠올릴 수 있는 무언가가 되어버린 것 같았다.

내가 겪었던 사랑은, 뜨겁고도 아팠다. 그 감정은 모든 걸 주어도 아깝지 않을 만큼 진심이었지만, 결국 나를 다 소진시키기도 했다. 서로를 이해하고 붙잡으려 했지만, 끝내 다른 길을 선택할 수밖에 없던 그 시간들. 사랑은 그토록 아름답고도 잔인한 것이었다. 내가 모든 걸 주었지만, 결국 그 사랑은 내 것이 아니었다.

이별 후에도 그 사람은 내 안에 머물렀다. 머릿속에, 가슴 한켠에, 그때의 사랑이 남긴 흔적들이 고스란히 남아 있었다. 시간을 거슬러도 변하지 않는 어떤 별처럼, 그 사랑은 내게 남아 있었다. 나는 매일 그 흔적과 함께 살아갔다. 때로는 미소로, 때로는 또 다른 미소로.

사랑을 다시 생각해 보면, 그 감정은 시간이 지나도 그대로다. 크기가 줄어드는 것이 아니라, 내가 그 사랑을 받아들이는 방식이 변한 것이다. 그때는 너무나 커서 감당할 수 없던 사랑이, 지금은 추억이 되어 나를 감싸준다. 사랑은 나를 만들고 있다.

사랑은 끝이 났지만, 그 경험은 나를 더 깊이 있게 만들었다. 이제 나는 그때보다 더 단단해졌고, 사랑에 대한 두려움보다는, 그 아름다움을 다시 느낄 수 있을 거라는 믿음이 생겼다. 사랑은 결코 잊히는 것이 아니라, 나와 함께 살아가는 또 하나의 시간이 되었다.

극중에 노아를 보며 나는 사랑이란 무엇인지 다시 한번 생각했다. 그 사랑은 내게 아픔과 기쁨, 성장과 깨달음을 동시에 안겨주었다. 사랑은 완벽하지 않지만, 그 속에서 우리는 더욱 성숙해져 간다. 그리고 그 사랑이 남긴 흔적들은 언제나 내 안에서 꿈틀거린다.

-

나는 매일 그 흔적으로 살아갔어요.
때로는 그날에 미소로 때로는
또 다른 미소로

확고한 취향

취향에 대해 쉽게 답할 수 있게 된 건 그리 오래되지 않았다. 처음부터 취향이 명확했던 건 아니었다. 누군가를 따라 하고, 사랑하다 보니 자연스레 몸에 새겨진 무언가가 된 듯하다. 예전에는 선택하는 데 오래 걸리던 내가 이제는 망설임 없이 "그걸로 주세요"라고 말하는 걸 보면, 어느 순간 취향이 분명해진 게 확실하다. 취향이란, 내가 무엇을 사랑해 왔는지를 보여주는 흔적이니까.

돌이켜보면, 내 취향이 생긴 건 누군가의 공백 이후였다. 먹지 않던 음식을 자발적으로 먹고, 입지 않던 옷을 입으며 거울을 보는 날. 왠지 모르게 어색하지 않았다. 그렇다고 예전 것을 완전히 버리진 않았지만, 빈도는 줄어들었다. 오래된 노래처럼, 가끔 찾아오는 잔잔한 향수가 되었다.

　과거에 내가 신뢰했던 것들이 지금 바람에 흔들리면, 달라진 나를 인정할 뿐이다. 그게 전혀 불쾌하지 않다. 오히려, 행복과 쓸쓸함 속에서 미소 짓게 된다. 그때의 사랑이 분명했고, 나를 보듬어 주었던 이들에게 감사할 수 있는 지금이 있다는 걸 안다.

　문득 궁금해진다. 당신은 아직도 우리가 함께 듣던 노래, 먹던 음식, 보던 영화를 좋아할까. 우리가 함께했던 그 시간이 가장 소중한 기억일까. 함께 나눈 순간들이 당신에게도 의미가 있을까. 분명한 건, 그때의 아름다운 얼굴과 시간을 사랑하려 했던 내 마음이 나를 지탱해 준다는 것이다.

가을은 떠나가기 좋은 계절

당신이라면 괜찮을 거라고 생각했어요. 요동치던 마음을 잠재워주고, 흐릿해진 하루 속에서 따뜻함을 주던 당신이었으니까. 나를 위로하던 그 시간들이 생생하게 남아 있어요. 하지만 그럼에도 불구하고, 당신을 내 곁에 둘 수 없다는 걸 알고 있기에, 그게 참 미워요. 이렇게 소중했던 마음을 간직하는 것 말고는 아무것도 할 수 없는 내 자신이 안타깝습니다.

당신이 내 안에 들고 나가는 그 찰나의 순간만으로도 나는 더 살아야겠다고 다짐해요. 그 마음이 얼마나 큰지, 당신을 향한 내 모든 마음을 다 줘도 부족했을 거라는 걸 이제야 깨닫죠. 하지만 그 마음조차, 이제는 어디로 가야 할지 알 수 없네요. 과연 내가 당신을 온전히 잊을 수 있는 날이 올까요. 모든 걸 걸고 당신을 잊으려 했지만, 그 마음은 쉽게 사라지지 않아요.

나의 온 마음을 바다까지 내던지며 당신을 지우려 했지만, 마지막이라고 했던 약속들이 남아 서글픈 식사 자리에 앉아 있어요. 이런 방식으로밖에 당신을 지울 수 없는 나 자신이 원망스러워요. 아무리 시간이 흘러도 그 추억은 사라지지 않고, 나를 또다시 이곳으로 끌어당기죠. 반복되는 이 감정의 소용돌이 속에서, 나는 헤매고 있어요.

추억은 영원히 그 시절에만 남아 있겠죠. 이제는 그곳에 남은 우리가 아무리 외쳐봐도, 심장을 긁어봐도 그 목소리는 더 이상 들리지 않아요. 희미해지는 말들 속에서, 믿을 수 있는 것들만 붙잡게 될 겁니다. 시간이 흐르면 그 시간대로, 나는 내게 유리한 방식으로 사랑을 해석하게 될지도 몰라요. 하지만 보고 싶어도 떠나가는 가을, 그 가을은 내 손에 닿지 않은 채 멀어져만 가고 있습니다.

-
이런 방식으로 밖에
당신을 지우지 못하는 내가
원망스러웠어요. 과연 내가 당신을
온전히 잊을 수 있는 날이 올까요.

고개를 끄덕이다가
나는 그만 사랑에 빠져버렸다

    2019년 여름, 한 사람을 온 힘을 다해 사랑했다. 그녀가 좋아하는 것을 나도 좋아하는 척했고, 그녀가 가는 길을 먼저 앞서가며 가까워지려 애썼다. 그녀는 외적으로 내가 꿈꾸던 이상형이었고, 그래서 좋아하지 않을 수 없었다. 나는 천천히, 소리 없이 그녀의 호흡에 맞춰 다가갔다. 내 시간과 에너지를 온전히 그 사람에게 집중하기 위해서였다.

    같은 일을 하던 우리는 크게 접점이 없었지만, 나는 가까워질 기회를 꾸준히 엿보고 있었다. 어느 날, 퇴근 후 직원 버스가 지하철역에 도착했고, 나는 먼저 내린 그녀에게 말을 걸 기회를 노렸다. 하지만 그녀는 바쁘다며 자리를 피했다. 대단한 이유가 있겠거니 생각하며 손을 흔들고, 나는 지하철을 기다렸다. 시간이 조금 지났을 무렵, 저 멀리서 그녀가 다시 나타났다. 아이스크림을 손에 든 그녀와 눈이 마주쳤고, 내가 미소를 짓자 그녀의 얼굴이 화끈거렸다. 그녀는 변명하듯 무언가를 말했고, 나는 그 말을 듣는 동안 고개를 끄덕이다가 그만 사랑에 빠져버렸다.

1년 뒤, 한여름의 시작에 우리는 이별했다. 짐을 건네받고 공원 벤치에 앉아 마지막으로 서로를 안아주며 눈물을 흘렸다. 나는 그 순간 무슨 용기인지 뒤도 돌아보지 않고 집으로 향했다. 하지만 그녀가 나를 바라보고 있다는 느낌은 거리가 멀어져도 계속되었다. 펑펑 울며, 나는 겁내지 않고 그녀에게서 멀어졌다. 사랑은 잔잔한 파동처럼, 후에 찾아오는 질문들의 소용돌이에 빠지게 만들었다. 무엇이 그 사랑을 시작하게 했고, 무엇이 그 사랑을 끝내게 했을까. 이제는 '왜'보다는 '왜 그렇게 될 수밖에 없었는지'에 더 집중하게 된다. 그녀가 아팠던 것은 사실이지만, 그 아픔이 가져다준 사랑까지는 원망할 수 없었다. 가끔씩 그녀도 나 아닌, 우리 사랑만을 기억해 주길 바랄 뿐이다.

이렇게 끝난 나의 사랑을 되돌아보면, 그 사랑을 붙잡으려 애쓰던 모습이 가끔 먹먹하게 다가온다. 공허한 감정에 갇혀, 열쇠를 쥔 것이 사랑인 줄 알고 그 안에서 헤매던 나. 사랑을 찾으려다가, 결국 나를 발견하고, 다른 사람에게서 번번이 실패를 경험한다. 지나간 발자국을 따라가다 보면, 하얀 거리 끝에서 돌아서야 할까 망설이기도 한다. 만약 그 끝에 답이 없으면 어쩌지 하는 불안함도 남아 있다.

사랑은, 견디기 힘든 아픔이다. 두 눈으로 보고 두 손으로 잡지 않으면 절대 확인할 수 없는 것들에 대해, 마음 한구석에 자리한 기억이다.

-

사랑은 견디기 힘든 아픔의 연속이야.
두 눈으로 보고 두 손으로 잡지 않으면
확인할 수 없는 일들에 대한 기억이야.
마음 한 구석에 자리잡은 슬픔이야.

삶의 비브라토

김동률을 좋아한다. 정확히 말하면, 그의 음악을 사랑한다. 김동률의 노래는 첼로처럼 깊고 중저음의 울림을 전해준다. 그의 목소리를 듣고 있으면 그 특유의 비브라토와 감동이 마음 깊이 스며든다. 같은 노래라도 들을 때마다 다른 감동을 주기 때문에, 어떤 날은 의도적으로 그의 노래를 찾아 듣곤 한다. 때때로 그의 비브라토를 흉내 내거나 모창을 하며 노래를 즐긴다. 좋아하는 가수를 자연스럽게 따라 하게 되는 것처럼 말이다.

김동률의 음악을 좋아하다 보니, 그의 영향을 받은 가수들의 음악도 자연스럽게 찾게 된다. 이적, 존박, 곽진언, 박재정 등 김동률의 음악적 색채를 닮은 가수들의 저음 목소리를 좋아하고, 그들이 불러내는 감정

선에서 김동률의 흔적을 찾는다. 그러나 시간이 흐르다 보니, 김동률이 그들에게 일방적으로만 영향을 준 것은 아닐 것이라는 생각이 든다. 그 또한 후배 가수들로부터 무엇인가를 배웠고, 영향을 받았을 것이다. 음악이라는 것은 글처럼 주고받는 예술이니까.

문득, 나는 나 자신이 누구에게 영향을 주고받고 있을까를 생각해 본다. 나는 누구에게 영향을 주고 싶은 걸까. 영향은 언제나 내가 원하는 대로만 흘러가는 것이 아니다. 나의 생각이나 말이 누군가에게 영향을 미칠 때, 그 범위는 내 예상보다 훨씬 더 넓다. 가까이에서는 내 주변 사람들, 멀리서는 SNS나 다양한 경로를 통해 나도 모르는 사람들에게까지 퍼질 수 있다. 내가 의식하지 못한 말과 행동이 누군가의 삶에 흔적을 남길 수도 있다.

나 역시 수많은 사람들에게 영향을 받으며 살아왔다. 가족, 친구, 동료는 물론, 내가 존경하는 사람들, 좋아하는 음악과 책, 그리고 영화까지. 그들이 내게 준 감동과 영감이 내 삶의 방향을 조금씩 바꾸어 놓았다. 그러니 나 또한 누군가에게 작은 영향을 미치고 있겠지. 나는 그 영향이 긍정적인 것이었으면 좋겠다고 생각한다. 누군가에게 좋은 기억이 되거나, 힘이 될 수 있는 사람이 되고 싶다.

결국, 우리는 모두 연결되어 있다. 우리가 서로에게 주고받는 영향이 생각보다 크다는 사실을 자주 잊고 살지만, 그 영향이 삶에 미치는 파장은 매우 클 수 있다. 김동률이 많은 사람들에게 음악으로 감동을 주었듯, 나도 누군가에게 의미 있는 작은 연주를 남길 수 있다면 그걸로 충분할 것이다.

마음 분리수거

　우연히 뉴스를 보다가 작가 한강이 노벨평화상을 받았다는 소식을 접했다. 축하하는 마음이 들었지만, 동시에 질투와 미움이 스며들었다. '최초'라는 타이틀이 그렇게 부러울 수가 없었다.

　한강에 대해 찾아보니 그녀가 아버지에게서 문학의 피를 이어받았다는 사실을 알게 되었다. 그리고 작품을 완성하는 데 7년이나 걸린다는 것도 놀라웠다. 같은 원고를 몇 년씩 붙잡고 있다니, 그 괴로움이 얼마나 클지 상상조차 되지 않았다. 고통이라 단정하는 건 내 생각일 뿐일까. 소설이 완성되면 그 고통은 사라지는 걸까.

나에게 시는 마음을 정리하는 방법을 알려주고, 소설은 마음을 떼어내는 연습을 시킨다. 두 장르는 불행에서 벗어나거나 행복해지는 방법을 가르쳐주진 않는다. 하지만 불행과 고통을 분리하고, 행복을 더 오래 지속할 수 있는 힘을 준다.

나의 글도 누군가에게 불행과 고통을 분리해 주는 글이 되었으면 좋겠다. 완벽하게 행복을 줄 수는 없더라도, 그들이 불행과 고통 속에서 조금이나마 벗어나도록, 그리고 더 오래 행복을 느끼게 하는 힘이 될 수 있기를 바란다.

등산 목욕탕 떡볶이

어릴 적을 떠올리면, 아빠는 언제나 두 아들과 함께 시간을 보내는 것을 좋아하셨다. 쉬는 날이면 목욕탕에 가거나 등산을 가자고 하셨다. 아빠와 함께 걸었던 산길은 힘들 때도 있었지만, 아빠와 함께 있으면 언제나 든든하고 따뜻한 느낌이 들었다. 알파코스 델타코스. 산 중턱에 오르면 아빠는 늘 환하게 미소 지으며 나와 동생을 바라보셨고, 그 미소 속에서는 추억이 깊게 새겨졌다.

목욕탕에서는 더 다정한 아빠의 모습이 드러났다. 아빠는 우리를 데리고 가서 따뜻한 물에 몸을 담그게 하고, 온탕과 냉탕을 오가며 함께 시간을 보냈다. 목욕 후에는 "배고프지? 맛있는 거 먹으러 가자" 하시며, 목욕탕 앞 떡볶이 가게로 데려가셨다. 그 자리에서 떡볶이와 어묵을 사주셨고, 엄마 몰래 아빠와 함께 먹던 그 음식의 따뜻한 맛은 아직도 기억에 남아 있다. 그 순간에도 아빠의 다정함과 세심한 배려가 스며들어 있었다.

아빠는 작은 행동 하나하나로 사랑을 표현하셨다. 무심한 듯 우리의 등을 밀어주시던 목욕탕에서의 손길, 산에서 힘들어하는 우리를 묵묵히 지켜봐 주시던 아빠의 모습. 말로는 표현하지 않으셨지만, 그 속에 깊은 사랑이 담겨 있었다.

이제 돌아보면, 그 시간이 얼마나 소중하고 따뜻했는지 새삼 알게 된다. 아빠의 다정한 손길과 말투, 그 무심한 배려 속에 담긴 사랑은 늘 우리 곁에 있었고, 지금도 우리 마음속 깊이 남아 있다. 아빠의 사랑은 항상 말보다는 행동으로, 따뜻한 공기의 기억들로 우리를 감싸고 있었다.

누군가를 사랑하는 여행

KTX 중앙 마주 앉은 좌석. 기차를 타고 가면서 문득 뭔가라도 적어야겠다는 생각에 노트북을 꺼냈다. 마주 앉은 엄마와 아이가 서로를 챙기며 다정한 손길을 보자, 나도 모르게 엄마 생각이 났다. 책을 펼치려는 찰나, 어릴 적 기억이 스치고, 그 순간 엄마가 떠올라 눈물이 주르륵 흘렀다. 조용히 눈물을 닦아내며 생각했다. 누군가 글을 쓰는 게 뭐가 좋냐고 묻는다면, 이제 엄마에게 사랑한다고 표현할 수 있는 또 다른 방법이 생겼다고 답할 것 같다. 누군가를 사랑한다는 건 감추려 해도 감출 수 없는 일이라는 걸 새삼 느낀다.

몇 개월 전, 엄마에게 선물했던 신발을 잘 신고 다니신다는 얘기를 듣고 참 기뻤다. 그 신발을 선물하며 엄마가 조금 더 편하게 다니시길 바랐던 내 마음이 전해졌을까. 자주 표현하지 못했던 내 마음을, 이렇게나마 조금이나마 전할 수 있었다는 게 다행이었다. 엄마의 발걸음 하나하나기 더 편안해졌으면 하는 작은 바람이 그 신발에 담겨 있었다.

글을 쓸 때마다, 엄마와의 추억과 감정이 자연스레 녹아든다. 그 기억들은 글 속에서 새롭게 빛나고, 엄마에게 건네지 못했던 말들이 한 문장 한 문장으로 살아난다. 어린 시절, 엄마의 따뜻한 손길과 그 무언의 사랑을 이제는 내가 글로 꺼내 표현할 수 있게 된 것이 참 신기하다.

사랑은 참, 말하지 않아도 흘러넘치는 것임을 깨닫는 순간이다.

-
나 몰래 첫눈이 내릴까 봐
수시로 창밖을 내다보고 있어.
조금만 지나게 되면 이쯤-
아마 지금쯤이면 당신도 창을 활짝 열고.
손을 내밀고 있을까.
아니면 눈이 펑펑 내리는 퇴근길에 떨어
지는 수많은 눈꽃을 올려다보게 될까.
그것도 아니라면, 나처럼 이맘때 그날로
가서 우릴 떠올리고 있는 걸까.
혹여 같은 시간을 놓치게 될까.
그것이 뭐가 중요하냐고.
중요하지 아니 중요했다고 해야 되나.
사랑 그리움 당신이 중요했고,
말고를 떠나서.
미움 미소 감사 또 무엇이 남고
어떤 약속이 사라질까.

어쩌면 당신의 향기는 아니었을까

사람이 많은 대형 카페보다는 조용하고 인적 드문 카페를 좋아한다. 그런 곳에서는 카페의 분위기와 사장님과 자연스레 대화할 수 있고, 때로는 낯선 이들의 대화를 엿들을 수 있다. 작업에 몰두하다가 잠시 쉬는 사이, 불쑥 들려오는 대화가 때로는 직접 구하는 조언보다 더 큰 깨달음을 주기도 한다. 아마 그들은 그럴 의도로 말한 것은 아닐 테지만, 아이가 끊임없이 부모에게 질문하다가 어느 순간 부모가 되려 아이에게 배우는 것처럼, 낯선 주제에서 의외의 환기를 얻는 순간이 있다.

광진구로 이사 온 후, 나만의 공간을 찾는 것이 중요했다. 작업실과는 다른, 그냥 마음을 놓을 수 있는 공간. 자주는 못 가도 가끔 들러 눈을 마주칠 수 있는 곳. 오래 머물지 않아도 오래 머문 것처럼 느껴지는, 편안한 그런 공간. 용인에 살 때는 여러 카페를 다니며 나만의 자리를 찾았었다. 자주는 못 갔지만, 그 자리를 별장처럼 생각하며 그곳에 앉으면 밤하늘에 별이 주는 위로를 느끼곤 했다.

어느 날 우연히 들어간 카페는 익숙한 향기처럼 반가웠다. 긴 유리문 옆 창가에 앉아 바람에 흔들리는 풀, 동네 강아지들이 서로를 탐색하는 풍경이 눈에 들어왔다. 그러다 가끔씩 어르신 부부가 손을 잡고 들어오는 모습도 보였다. 아내는 눈이 어두운 남편을 위해 손가락으로 메뉴를 짚어가며 도왔다. 그 순간, 말로 설명할 수 없는 따뜻함이 가슴을 채웠다.

우리 시대는 왜 이렇게 오래 쌓인 따뜻함을 버리고, 단순한 다정함만을 고집하는 걸까. 소소하고 당연한 일상의 순간들이, 찾으려 하면 비로소 보인다.

그때의 나처럼 펑펑 울었다

운동을 끝내고 집으로 가려던 길에 신호등 앞에서 잠시 멈췄다. 그때 뒤에서 여자 우는 소리가 들려왔다. 그 울음은 남들의 시선을 아랑곳하지 않고 아이처럼 서럽게 터져 나왔다. 고개를 푹 숙인 채, 그녀는 소리 내며 울고 있었고, 지나가던 아저씨가 흘깃 바라보았다. 가끔 주위가 고요해질 때마다 그녀의 울음소리는 더 크게 들리는 듯했다. 나는 그녀를 위로해 주고 싶었고, 등을 다독이며 울음을 멈추게 하고 싶은 마음도 들었다. 하지만 나는 움직이지 않았다. 그저 망설였다.

그 이유는, 나는 본능적으로 알았다. 저 울음은 단순한 감정의 분출이 아니라는 것을. 지금 내가 나서서 그녀의 울음을 멈추게 한다면, 그 고통은 훗날 더

큰 울음으로 누구에게든 다시 번질 것이라는 걸 직
감했다. 울음이 필요한 순간이었고, 누군가가 그것
을 멈추는 것이 그녀에게 좋지 않다는 것을 알았다.
그래서 나는 가만히 있었다. 그녀가 울음을 다 쏟아
내도록, 그 순간을 온전히 그녀의 것으로 두고 기다
렸다.

신호등이 바뀌고, 나는 길을 건너갔다. 하지만 그
순간이 계속 마음에 남았다. 누구나 살아가다 보면 이
런 순간이 찾아온다. 울고 싶지만, 누군가에게 보이고
싶지 않은 슬픔의 순간. 그럴 때마다, 때로는 그 울음
을 그냥 흘려보내는 것이 가장 좋은 위로일지도 모른
다. 울음을 멈추게 하는 것이 해결책이 아닐 때가 있
듯, 우리는 때로 슬픔이 제자리를 찾을 수 있도록 내
버려두는 지혜를 가져야 한다는 생각이 들었다.

그날의 그녀는, 울음 속에서 스스로의 마음을 정리
하고 있었을지도 모른다. 내가 했던 선택이 옳았는지
는 알 수 없지만, 그 울음은 잠시 머물렀다가 그녀의
속에서 자연스레 흘러갔을 것이다. 때로는 가만히 기

다려주는 것이 가장 큰 위로라는 것을, 그날 신호등 앞에서는 그때의 나처럼. 있었다.

째깍째깍

새벽 4시, 어김없이 눈을 뜬다. 일어나기엔 이르고, 다시 잠들기엔 마음이 복잡하다. 설명할 수 없는 불안감이 스멀스멀 올라온다. 방금 꾼 악몽이 생생하게 떠오르고, 나는 새벽이 빨리 끝나길 바라며 웅크리고 누워 너를 생각한다. 너는 이미 아침을 맞이한 세계에 살고 있다. 너의 목소리가 들려오면 이상하게도 마음이 조금 안정된다. 하지만 나는 그 세계를 떠나지도, 완전히 머물지도 못한 채 이곳에서 머물고 있다.

나는 마음속에서 수많은 생각들이 떠오르지만, 그것들을 글로 적으려면 머뭇거리게 된다. 무언가 쓰기 싫은 생각들이 자꾸 떠오르고, 나는 그 생각들을 인정하기도 힘들다. 왜냐하면 상처를 언어로 풀어내는 건 그 상처를 다시 직면하게 만드는 일이니까. 나 자신을 문제로 인식하고, 그 문제를 풀어내려는 것 자체가 더 큰 두려움을 가져다준다. 상처가 반복되고, 그 상처를 지우는 데에 드는 시간도 반복될 것 같이 두렵다.

그러나 글을 쓴다는 건 결국 그 상처를 드러내고, 나의 세계를 조금씩 이해하는 과정이다. 내가 직접 고른 언어로 상처를 적고, 눈으로 확인하는 건 입으로 말하는 것과는 또 다른 고통을 수반한다. 하지만 그 과정을 통해 숨겨졌던 상처의 실체를 보게 되면, 조금씩 마음이 괜찮아지는 걸 느낀다. 소설의 결말을 쓰듯, 나는 언어를 통해 상처를 정리하고, 마음의 평안을 찾아간다.

언어는 나를 돕고, 나의 세계를 드러내는 도구다. 상처를 소유하려 하지 않으면서도, 언어를 통해 나 자신을 이해하는 경험을 한다.

3장

언젠가 당신이 그랬습니다

두 사람의 사이의 달콤한 침묵

사랑은 처음엔 달콤하고 선명한 빛처럼 다가온다. 서로의 눈 속에서 반짝이는 무언가를 찾고, 그 눈빛 속에서 길을 잃는다. 세상의 모든 것들이 투명해지고, 사랑 안에선 그 어떤 것도 불투명하지 않은 듯 보인다. 하지만 그 빛이 영원히 머무를 수 있을까. 사랑은 시간이 지남에 따리 변한다. 사람들은 흔히 사랑이 깊어진다고 말하지만, 나는 가끔 그것이 흐려지는 것에 가깝다고 느낀다. 처음엔 모든 것이 선명해 보였으나, 시간이 지나면서 그 빛은 희미해지고, 결국엔 사라지는 것이 아닐까.

사랑의 첫 순간은 늘 달콤하다. 마음이 두근거리고, 그 사람을 만나는 모든 순간이 기적처럼 느껴진다. 하지만 우리는 곧 알게 된다. 사랑은 감정의 폭발만으로 지속되지 않는다. 그것은 서서히 무너져 가는 과정 속에서 우리에게 진짜 얼굴을 보여준다. 상대방의 작은 실수나 버릇이 더 이상 귀엽게 느껴지지 않고, 때로는 서로의 차이가 큰 벽처럼 느껴진다. 이 시점에서 사람들은 두 가지 선택을 한다. 포기하거나, 계속 나아가거나.

포기하는 사랑은 흔하다. 벽에 부딪힐 때, 많은 사람들은 더 이상 그 너머를 보려 하지 않는다. 사랑이란 처음의 설렘만을 유지하는 것이라 생각하기 때문이다. 하지만 나에게 사랑이란, 그 벽을 넘으려는 끊임없는 노력이다. 상대방의 불완전함을 보면서도 함께 걸어가겠다는 결심. 서로를 변화시키려는 것이 아니라, 있는 그대로 초연하게 받아들이는 것이다. 처음에는 불안과 기대 속에서 서로를 탐색했지만, 이제는 더 깊은 신뢰와 이해 속에서 서로를 지켜보는 것이다.

사랑은 때로 두 사람 사이의 고독한 침묵이 된다. 대화가 끊긴 채로 서로 다른 생각에 잠기고, 그 순간의 고요함이 무겁게 내려앉을 때도 있다. 하지만 나는 그 침묵 속에서 진정한 사랑이 피어난다고 믿는다. 서로 말하지 않아도 이해할 수 있는 순간, 혹은 말하지 않음으로써 더 깊이 연결되는 순간들이 있다. 그것이 사랑의 또 다른 얼굴이다.

그리고 그 침묵 속에서 나 자신과 마주하게 된다. 사랑은 상대를 알아가는 과정일 뿐만 아니라, 나 자신을 알아가는 여정이기도 하다. 내가 무엇을 원하는지, 무엇을 두려워하는지, 어디서 위로를 찾는지. 우리는 사랑 속에서 스스로를 투영하고, 그 거울 속에서 자신의 진짜 모습을 발견하게 된다. 때로는 그 모습이 두려워 눈을 돌리기도 하지만, 그럼에도 사랑은 우리를 다시 그 앞에 세운다.

사랑이란 서로를 완성하는 것이 아니다. 사랑은 결핍을 이해하고, 그 결핍 속에서 함께 살아가는 방법을 배우는 것이다. 우리는 서로의 부족함을 채워주는 존재가 아니라, 그 부족함을 함께 바라봐주는 존재다. 그리고 그 과정을 통해, 조금씩 서로에게 가까워진다.

사랑은 질문이다. 끊임없는 질문. '왜 사랑하는가?' '어떻게 사랑해야 하는가?' 우리는 그 해답을 찾으려 하지만, 답은 항상 멀리 있다. 그럼에도 사랑의 질문을 던지는 순간이야말로 사랑의 진정한 모습일지도 모른다. 답을 찾지 못해도, 그 질문을 함께 나누는 것 자체가 사랑이기 때문이다.

-

사랑이란 서로를 완성시키는 것이 아니야.
결핍을 이해하고, 그 속에서 완벽함이
없음을 깨우치는 일이야
우리는 우리일수록
서로의 부족함을 느끼니까
서로를 채워주는 존재가 아니라
부족함을 덮어주는 존재야.

사라지는 것이 아닌
더 가까이 다가오는 그 무엇

사랑은
꽃잎처럼
가벼운 줄 알았지.
바람에 흩날리는 장면을
영원이라 착각했어.

하지만 사랑은
그리 가볍지 않았어.
흙 속에 뿌리내리는 나무처럼
깊게 박혀,
움직일 수 없는
무게를 지닌 채 자라났지.

때로는 무겁게 느껴지고,

숨 막히는 순간도 있었지.
하지만 그 무게 덕분에
우린 더 깊이 서로를
알아가고 있었어.

사랑은
빛이 아니라
어둠 속에서 더 뚜렷해지고,
조용한 침묵 속에서
우리의 소리를 찾아.

흐릿해질수록
사라지는 것이 아니라
더 가까이 다가오는
그 무엇.

사랑은
완전하지 않음에
완성되는
우리의 이야기.

결국 사랑은 너였고 동시에 나였다

　역설적이게도 누군가 나를 온전히 사랑하게 만드는 방법은 내가 그 사람이 되는 것이다. 그들의 마음속에 자리 잡고, 그들이 보는 세상을 나의 눈으로 바라보며, 그들과 나 사이의 경계를 흐리게 하는 것이다. 우리는 서로에게 낯선 존재이면서도 동시에 익숙함을 느끼게 된다. 그것이 사랑의 묘미다. 서로 다르면서도 닮아 있는 그 미묘한 불균형 속에서, 우리는 상호작용을 통해 새로운 균형을 찾아간다.

　때때로 사랑은 위선적일 수 있다. 겉으로는 완벽해 보이지만, 그 안에는 금방 발각될 불안정함이 자리한다. 하지만 그 위선조차 사랑의 일부가 된다. 사랑은 허상을 유지하려는 노력이 아니라, 그 허상 뒤에서 드러나는 진실을 마주하는 과정이다. 우리가 가면을 벗

고 서로의 진짜 모습을 마주할 때, 그제서야 사랑은
진정한 빛을 발한다.

사랑은 언제나 대립과 공존 사이에 있다. 나와 너,
두 사람의 감정이 교차하며 만들어지는 이 묘한 대립
속에서 우리는 서로를 더 깊이 이해하게 된다. 상대방
의 불완전함을 받아들이고, 나의 모순을 인정하는 그
과정이야말로 사랑의 본질이다. 그 모순 속에서 피어
나는 감정은 일종의 향기처럼 우리 사이를 감싸며, 사
랑이란 무엇인지 다시금 질문하게 만든다.

결국 사랑은 너였고, 동시에 나였다. 나의 일부가
되어버린 너와, 너의 일부가 되어가는 나. 서로가 서
로를 비추는 거울 속에서 우리는 비로소 진정한 자신
을 마주하게 된다.

당신이라는 살아갈 힘

당신은 참 아름답습니다. 내가 존재하기 전부터, 아니 그 이전부터 이미 당신의 모습은 변화하고, 때로는 부서지기도 하면서 그 자체로 아름다웠습니다. 깃털처럼 가볍고 섬세한 존재이죠. 당신은 꼭 계속해서 쓸모 있어야만 하거나, 쓸모없어야만 하는 것이 아닙니다. 삶은 변화가 있든 없든, 그 자체로 아름답습니다. 변화 속에서도, 고요함 속에서도 그 안에 숨겨진 아름다움은 늘 존재합니다.

삶이 때로는 고통스럽다면, 그 슬픔을 인정하고 울어도 괜찮습니다. 반대로 기쁨을 느낄 때는 웃음을 터뜨리며 그 순간을 즐기면 됩니다. 중요한 것은 우리가 그 감정들을 억누르지 않고 그대로 경험할 수 있다는 점입니다. 슬픔이든 기쁨이든, 삶을 살아가며 마주하는 모든 감정은 우리의 삶을 더욱 풍부하게 만들죠.

내가 사랑받고 있다는 사실은 단순히 맹목적인 생
각이 아닙니다. 당신이 나를 사랑해 주고 있다는 그
확신은 내 삶에 커다란 변화를 가져옵니다. 당신의 사
랑은 나에게 매일매일의 자유로움과 풍요로움을 선
물해 주며, 그 안에서 나는 다시 살아갈 힘을 얻습니
다. 사랑은 나를 단단하게 만들어주고, 나를 성장하게
해줍니다.

당신이 나의 아름다움을 어루만져 준다는 그 생각
만으로도, 내 삶은 더욱 풍성해집니다. 그 사랑 속에
서 나는 나 자신을 더 깊이 이해하고, 세상을 더 너그
럽게 바라볼 수 있습니다. 사랑받고 있다는 사실은 나
를 자유롭게 하고, 매 순간을 새롭게 느끼게 만들어줍
니다.

-

당신은 아름답습니다
당신의 아름다움이 나를 어루만져 줍니다
당신은 꽃이 아님에도 위로가 가능합니다

당신은 늘 아름답습니다

너라는 믿음

　너는 오늘도 나에게 커다란 행복을 준다. 네가 겪었던 일들을 통해 내가 위로받고, 마음의 여유를 찾는게 참 신기하다. 함께 신나게 걷다가 문득 주위를 보면, 우리 사이에 쌓인 사랑이 더 깊어졌음을 깨닫는다. 누군가는 너를 보며 큰 소리로 말하겠지만, 나는 너의 조용한 속삭임 속에서 너와 나의 관계를 느낀다. 시간이 흐르며 우리 성격과 마음이 변하는 만큼, 사랑의 모습도 조금씩 달라지는 것 같다. 오늘도 2호선에서 1호선으로 지하철을 갈아타면서, 문득 이런 생각이 들었다. 지하철 유리문에 서리가 낀 걸 보고 밖은 춥지만, 네가 표현한 것처럼 마음은 따뜻했다. 오늘도 너를 생각하며 이동하고, 네가 해준 말들을 되새긴다.

　우리가 만들어낸 사랑은 빅뱅처럼 갑자기 터져 나

온 것이 아니라, 일상 속에서 천천히 쌓여간 것이다. 특별한 기념일이 아닌 평범한 날들 속에서, 우리는 서로의 하루를 맞대고 그 시간을 소중히 껴안는다. 너와 나는 그렇게, 작은 순간들이 모여 우리다운 사랑을 만들어가고 있다. 밖에 나가면 선명하게 보이는 하늘과 추운 날씨마저도 너로 인해 포근해진다. 너라는 존재는 내 삶에 새로운 시각을 주었고, 나는 그 속에서 새롭게 눈을 뜬다.

오래전부터 나는 너의 말투와 표정에 스며들었다. 네가 하는 말들이 나에게 남아 있어, 내가 너로 살아가는 것 같은 기분이다. 너를 생각하면 추억이 불씨처럼 피어오르고, 그 순간 너의 얼굴이 선명하게 떠오른다. 사람을 헤아리는 너의 따뜻한 마음이 나에게 전해져, 매일 듣던 너의 목소리가 그리워진다.

가끔은 나 자신도 내가 우울한지 모를 때가 있다. 내가 하는 일들이 잘 풀리지 않고, 모든 것이 제자리걸음일 때, 나는 스스로에 대한 두려움과 싸운다. 그래도 나는 나를 일으킬 수 있는 힘을 가진 사람이라는 것을 안다. 그런 나에게 너는 언제나 옆에서 조용히 서성거려 주고, 그 순간이 나에게는 큰 위로가 된다.

요즘은 말을 하면서도 내 말에 자신감이 없다는 것을 느낀다. 말이 흐려지고, 무슨 말을 하고 있는지도 모를 때가 있다. 하지만 이런 나조차도 받아주기로 했다. 나의 부정적인 감정을 떨쳐내려 애쓰기보다는, 그 감정들을 있는 그대로 받아들이고 인정하는 것이 더 나은 방법임을 깨달았다. 아직 나의 최고의 순간은 오지 않았다고 믿으며, 현재의 나에게 집중하자.

네가 지금 내 곁에 있다는 것, 그것이야말로 내가 가진 최고의 믿음이다.

-
네가 지금 내 곁에 있다는 것
그것이야 말로 내가 가진 최고의 믿음이다.

마지막 주차

오늘 운동을 하다가 문득, 내가 지금까지 잘못된 자세로 운동을 했다는 사실을 깨달았다. 이전에는 잘못된 자세로 보낸 시간이 아깝고 부끄러워서 고개를 숙였지만, 이제는 그 시간을 인정하고 받아들였다. 그 과정 속에서, 내가 부정했던 시간들이 얼마나 나에게 필요한 것이었는지 깨달으며 말로 다 설명할 수 없는 기쁨을 느꼈다. 이 깨달음은 누군가가 나에게 새로운 세계를 열어준 것 같았다. 그 세계를 온전히 경험하려면, 그전에 나의 세계가 먼저 정리되고 충실해야 한다는 사실도 함께 느끼게 되었다.

글쓰기 수업 마지막 주차를 준비하며, 나도 아직 갈 길이 멀다는 생각이 들었다. 혹시 나에게도 작가로서 잘못된 자세가 있지는 않을까. 나는 다른 작가들을 향해 비판적인 시선을 보낸 적은 없었을까. 혹은 다른 사람의 작품을 평가하며, 작가로서 그들이 이 정도밖에 안 된다고 여기진 않았는지. 나만이 진정한 작품을 만든다고 생각했던 건 아닐까. 그런 생각들 속에서 나는, 아직도 스스로를 더 깊이 되돌아보며, 작가로서의 나를 어떻게 사랑해야 하는지 고민하고 있다.

작가가 되지 못한 시간들, 그것은 실패와 좌절, 처절함 속에만 있는 것이 아니었다. 내가 귀 기울이기 싫었던, 생각하기 싫었던 그 모든 감각들 속에서도 나는 머물렀고, 어쩌면 그 속에서 나를 방치했을지도 모른다. 그런 시간들도 나의 일부임을 인정하며, 나는 그 시간을 사랑하고자 한다. 꺼지지 않는 심지를 가지고, 나는 그 시간들을 받아들이고 있다.

예전에는 작가로서 사랑할 수 있는 시간이 무엇인지에 대해 고민했다면, 지금은 작가가 되지 못한 시간들까지도 얼마나 올바르게 사랑할 수 있을지에 대해 고민하고 있다. 그런 시간들이 결국 주변 사람들에게 어떻게 영향을 미치는지도 생각해 본다. 진정한 작가

가 되기 위해서는, 작가로서 되지 못한 그 시간들까지
도 불태워 사랑해야 한다는 사실을 깨닫는다.

　추석을 맞아, 나는 아들이지 못했던 시간, 손자이
지 못했던 시간, 형이 되지 못했던 시간, 친구이지 못
했던 시간들을 떠올린다. 궂은 노력에도 내가 되지 못
했던 그 시간들도 애써 사랑하려고 노력했던 순간들
이었다. 그런 시간들을 끝까지 방치할 것인가, 아니면
내 것으로 가져가 다시 사랑할 것인가. 지금 나는 그
시간들을 말없이 돌아보고 있다. 누군가의 사랑을 받
지 못했던 그 순간들조차 내 것으로 삼으며, 나는 스
스로를 지켜보고, 또 하나의 눈으로 내 시간을 사랑하
고자 한다.

사랑은 결국

사랑은 결국, 두 사람의 경계를 허물고 나와 타인의 차이를 메워가는 과정일지 모릅니다. 처음엔 분명히 '남'이었던 사람이 어느 순간 더 이상 남이 아닌, 나의 일부처럼 느껴지는 것이지요. 마음이 서로 닿으면 외적인 모습도 닮아가고, 그 안에 담긴 감정의 결도 함께 어우러집니다. 사람들은 오래 함께한 이들끼리 얼굴이 닮는다고도 하지요. 하지만 그것은 단순히 외모의 변화가 아니라, 마음의 길이 서로에게 새겨진 탓일 겁니다.

함께 걸어온 시간과 길은 자연스럽게 두 사람의 얼굴에 스며듭니다. 같은 방향을 바라보고 같은 곳을 향해 나아간다는 사실이 그 사람의 표정과 몸짓에, 그리고 나의 것에도 나타나지요. 그래서 우리는 묻습니다.

왜 한 사람만으로도 삶이 충분할 수 있는지, 왜 그 한 사람의 존재만으로 살아가는 것이 만족스러운지를. 그리고 왜 사랑하는 이의 길을 대신 걸어줄 수 없다는 사실에 무력함을 느끼기도 하지요. 사랑은 그런 것이 아닐 테니까요. 그저 함께 걷는 것, 그것만으로 충분한 걸지도 모릅니다.

사랑은 지나간 시간 속에서 만들어지는 게 아닙니다. 오늘의 사랑이 무엇보다 중요하지요. 산전수전을 함께 겪었을지라도, 그건 그저 지나간 시간일 뿐, 결국 사랑은 '지금'이라는 순간 속에서 증명됩니다. 오랜 시간을 함께했다고 해서 서로의 아픔이 애처롭게 느껴지거나 동정이 생기는 게 아닙니다. 오히려 담담하게, 있는 그대로 받아들이는 순간에야 비로소 진정한 사랑이 싹트는 거겠지요. 그 사람의 이야기가 더 이상 낯설지 않고, 내 이야기와 같은 결을 가지고 있다는 걸 알게 될 때, 그때야말로 사랑이 깊어집니다.

그렇다면 무엇이 사랑을 만들고, 사랑은 무엇을 만들어내는 걸까요. 사랑은 서로를 조금씩 닮아가게 만들면서도, 각자의 자리에서 온전히 서 있게 합니다. 두 사람의 차이를 메우고, 그 차이를 존중하며, 나의 일부가 상대에게로 흘러가고 또 상대의 일부가 나에게 스며드는 겁니다. 사랑이 나를 바꾸지 않는다고 해서 그 사랑이 덜한 것은 아닙니다. 오히려 그 사랑 속에서 나는 더 나다워집니다. 그 사람이 나를 바꾸는 것이 아니라, 나를 더욱 나답게 만들어주고, 나 역시 그 사람을 더욱 그 사람답게 만들어주는 것이 사랑이지요.

결국 사랑은, 경계를 허물되 서로의 자리를 지켜주면서 함께 걸어가는 일일 것입니다. 상대의 아픔과 기쁨을 나의 것으로 받아들이되, 그 속에서도 나는 여전히 나로 남고, 그 사람은 여전히 그 사람으로 존재하는 것. 그런 균형 속에서 우리는 더 깊이 사랑하게 됩니다.

지금 이대로

오늘 나는 다시 한번 자유로워졌습니다.

생각을 억지로 밀어내서도 아니고, 마음을 떨쳐버리려 애쓴 것도 아닙니다. 무언가를 내려놓는 행위조차 필요하지 않았지요. 그저 오늘의 나를 그대로 받아들였을 뿐입니다. 흐르는 강물을 막으려 하지 않고, 그 흐름에 몸을 맡기듯이. 그렇게 나의 하루를 인정하자, 어느새 타인의 하루도 나의 하루처럼 느껴지기 시작했습니다.

누군가의 하루도 나처럼 무겁고, 그들도 나처럼 바람에 흔들리겠지, 하는 생각이 들었을 때, 마음 한구석에서 잔잔한 물결이 일렁였습니다. 그 물결은 어느새 자유의 한 방울이 되어 내 안에 번지기 시작했습니다. 억지로 무엇을 버리거나 내려놓지 않아도, 그저 있는 그대로의 나를 받아들이는 순간, 타인도 자연스레 그 안에 녹아들었습니다.

아마도 당신의 '지금 이대로'를 내가 사랑하려고 했기 때문일까요. 노력하지 않고도, 애쓰지 않고도, 그저 당신을 있는 그대로 바라보는 그 순간, 나 역시 한층 더 자유로워진 걸지도 모릅니다. 얽매이지 않고, 변화하려고 하지 않으며, 있는 그대로의 당신을 사랑하고 싶은 그 마음이, 오늘의 나를 한층 더 가볍게 만든 것 같습니다.

내 안에서 번지는 자유는 그리 크지 않을지도 모릅니다. 하지만 그 작은 물방울이 계속 퍼져나갈수록, 나는 나를, 그리고 당신을 더 자연스럽게, 더 넉넉하게 사랑하게 되겠지요.

-
그렇다면 무엇이 사랑을 만들고,
사랑은 무엇을 만들어내는 걸까요.

밤이 별에게

이십 대의 끝자락에 서니, 눈앞에 낭떠러지가 보입니다.

선택지는 점점 좁아지는 걸까요. 아니면 내가 내 안목에 안주하려는 것일까요. 길이 갈라지는 순간, 무엇을 선택해야 할지 모른 채 그 끝을 바라보는 마음이 무겁습니다. 하지만 이상하게도, 저는 그 벼랑 끝에서 더 방황하고 싶습니다. 더 많이 실패하고 싶습니다. 이미 잃어버린 길들보다 더 깊이 길을 잃고, 그 과정 속에서 내가 가야 할 곳이 어디인지 뼈저리게 느끼고 싶습니다.

왜냐하면 이제 알기 때문입니다. 내 마음을 확실하게 만드는 건 길이 아니었다는 사실을. 분명한 길을 건는 것이 정답이 아니었고, 그것이 나를 더 명확하게 이끌지 않았다는 것을요. 오히려 길을 잃고 헤맸던 순간들이, 나를 나답게 만들었음을 이제서야 깨닫습니다.

하지만 그것이 치열함 속에서, 남을 이기려는 투쟁 속에서 오는 것이 아니라는 것을 요즘 배우고 있습니다. 경쟁과 승리, 그리고 남들보다 앞서려는 욕망 속에서 나를 찾을 수 없다는 것을, 이제 서서히 깨달아가고 있습니다.

당신은 나를 더 너그럽게, 더 평온하게, 그리고 더 '내가 아닌 나'로 만들어냅니다. 그래서 결국 나를 알게 하죠. 당신의 존재가 나를 변하게 하는 것이 아니라, 나의 본질을 꺼내어 비추어 주는 것입니다.

당신은 별이었던 내게 나타난 밤입니다. 별은 밤이 있어야 비로소 그 빛을 드러내지요. 당신이라는 밤이 있었기에, 나는 비로소 나의 별을 발견했습니다. 그렇게 당신은 나를 더욱 나답게, 더욱 자유롭게 만들어주었습니다.

관계의 본질

아직도 내 안에 어린아이 같은 구석이 남아 있습니다. 마음에 들지 않거나 일이 내 뜻대로 풀리지 않을 때면 온갖 핑계와 변명을 늘어놓고, 때로는 억지를 부리며 상대방을 힘들게 합니다. 그럴 때마다 스스로를 바라봅니다. 왜 이렇게 별로인 나를 인정하지 못할까.

문제는, 그 사람이 나와 멀리 떨어져 있다면 상관없습니다. 하지만 타인과 가까워질 때, 우리는 더 유기적으로 얽히기 마련입니다. 그럴 때 나를 객관적으로 보지 못하고, 타인과 나를 동일시하려는 경향이 강해집니다. 나를 나의 시선으로 바라보지 않고, 그 과정을 건너뛴 채 타인 속에서 나를 찾으려 할 때가 많습니다.

타인에게서 나의 서운함을 찾고, 나의 본모습을 확인하려 하며, 나의 사랑을 알아주길 기대하게 됩니다. 하지만 그 사람이 나에게서 내가 찾고 싶은 것을 주지 못할 때, 나는 곧바로 불행에 빠집니다. 그제서야 깨닫습니다. 내가 그 사람에게서 나를 발견할 수 없을 때, 문제는 타인이 아닌 나 자신에게 있다는 사실을.

　좋은 관계의 시작은 '나'입니다. 제대로 된 인연은 결국 나를 제대로 만나는 것에서 출발하는구나, 하는 것을 알게 됩니다. 아무리 타인을 내 안으로 끌어들여봤자, 정작 내가 나를 보지 못한다면 그 관계는 건강할 수 없습니다. 당신이 내게 그것을 일깨워줍니다. 당신은 나와 같으면서도 다른 존재이기에.

　나는, 오늘의 나를 제대로 이해하지 못했고, 나를 귀하게 대하지도 않았습니다. 그럼에도 불구하고, 당신은 내가 나를 망가뜨리거나 작아지게 내버려두지 않았습니다. 당신은 지금, 이 순간의 나를 넘어서, 타인을 다스릴 줄 아는 사람입니다. 나에게 진정한 나를 보게 하고, 타인과의 관계 속에서 나를 더 나답게 살아가게 합니다.

    결국, 관계의 본질은 나 자신과의 관계에서 시작됩니다. 내가 나를 제대로 바라보고, 나를 인정하는 순간부터 진정한 관계는 비로소 시작될 수 있습니다.

어렵고 무거운 일

지금 내가 보고, 느끼는 이 사랑을 글로 쓸 수 있다면 얼마나 좋을까.

하지만 사랑은 이상하게도, 가까이 다가올수록 나를 에워싸고 스며들며 이성적인 판단을 흐리게 만든다. 분별력 없는 사람이 되어버린다. 그럼에도 불구하고 사랑 속에서 깨닫는다. 사랑이 깃든 사람, 그 사람이 사랑 자체보다 더 아름답다는 사실을.

사람의 이름을 글로 적는 일은 언제나 어렵고 무겁다. 그 이름을 적어내는 과정에는 책임감이 따른다. 그렇게 무겁게 느껴지는 나의 사랑을 당신은 어떻게 바라볼까. 그런 내 모습이 좋은지, 아니면 부담스러운지.

예전과 달라진 점이 있다면, 이제는 그런 고민이 들기 전에, 당신의 사랑이 먼저 있다는 사실에 감사함을 느낀다는 것이다. 나의 사랑보다 앞서 있는 당신의 사랑을 떠올리며, 나는 내가 혼자가 아니라는 것을 깨닫게 된다. 내가 고민하고 불안해하는 사랑의 무게 속에서 당신은 늘 함께였다는 것을 새삼 알게 되는 것이다.

앞으로 다시 처음부터 쌓아가야 할 사랑이, 그리고 마주해야 할 수많은 내일들이 기다리고 있다. 그 내일이 무너질 수도 있다는 걸 알면서도, 이상하게도 그 내일이 기대되는 것은 왜일까. 아마도 이제는 내가 혼자가 아니라는 걸, 나의 사랑이 더 이상 나만의 것이 아니라는 걸 알기 때문일 것이다. 이제 나의 사랑은 당신의 것이기도 하니까.

당신이 내게 가르쳐준 것은, 사랑이란 두 사람의 것이 되어야 진정한 사랑이라는 것이다.

-
당신이 내게 가르쳐준 것은
사랑이란 적당함이 없어야
진정한 사랑 노릇을 할 수 있다는 것.
그제서야 두 사람의 것이 되는 일이야.

언젠가 사랑이 그랬습니다

나는 나를 사랑한 지 얼마 되지 않았다.

마찬가지로 나의 글을 사랑하기 시작한 지도 얼마
되지 않았다. 처음 사랑하는 것들이 많아서인지, 사랑
한다 해도 그 방식이 익숙하지 않고 서툴며, 때로는
못마땅하게 느껴질 때가 많았다.

가끔 생각했다. 오래전부터 나를 사랑하거나, 나보
다 나를 많이 사랑해 준 사람이 이 세상에 얼마나 있
을까. 그런 생각이 들 때마다 나는 나 자신이 싫었다.
그럼에도 불구하고, 좀처럼 나아지지는 않았다.

하지만 훨씬 오래전부터 나라는 존재를 아끼고 칭
찬해 주며, 힘껏 사랑해 준 이들이 있었다. 그들의 사랑 덕분에 나는 깨달았다. 아무리 밉고 돌이킬 수 없는 순간이 있어도, 그들이 나를 사랑해 준 사실만은 부정할 수 없다는 것을.

과연 이보다 나를 더 사랑할 수 있을까.

나는 한동안 사랑이란 얕은 곳에서 시작되어 시간이 흐를수록 깊어지는 것이라고 생각했다. 그렇게 믿었다. 그래서 사랑이 깊어지기 위해, 누군가를 짊어지기 위해 더 많은 노력을 기울여 왔다. 그러다 보니 아프지 않기 위해, 힘들지 않기 위해 사랑을 했던 걸까. 아니면 사랑이란 척을 했던 걸까, 착각을 했던 걸까.

그런데 어느 순간, 사랑이 나에게 말했다. 원래부터 깊은 사랑들이 있다고. 사랑은 본래 깊고, 받은 사랑은 되돌아오는 것이라고. 사랑이란 유산과도 같다고.

그래서 내가 그때를 살지 않았어도 당신을 느낄 수 있는 이유는, 그때 당신이 되어 비슷한 말을 하거나 비슷한 행동을 해서가 아니다. 그날 당신이 당신을 사

랑한 만큼, 내가 나를 사랑하려 발버둥 치는 그 순간
에 서 있기 때문일 것이다.

결국, 지운다는 것은 끝까지 사랑하려는 몸부림일
지도 모른다.

아름다운 울림

흔들리는 시선으로 하루를 바라본다. 가로수가 울창하게 서 있고, 기다란 크레인이 서로를 마주 본다. 차량들은 소리를 내며 저마다의 목적지를 향해 달리고, 자연스럽게도 구름은 끝이 아닌 곳을 향해 흘러간다.

직장생활. 3년이라는 시간 동안 너는 무엇을 보았을까. 생각이 많았을 것이고, 감사할 일들도 많았겠지. 그리고 더 가까워지기 위해 다가가는 너의 모습도 있었으리라. 네가 그 길을 품었더라면, 같은 길을 반복해서 오가더라도 그것은 완전한 걸음이 되었을 거야. 묵묵한 위로가 네 안의 색깔이 되어, 숲을 가득 채운 나무들처럼 너의 세계를 그려낼 테니까.

창가 너머 하늘이 붉어지고, 나무들이 너를 배웅했을 것이다. 사랑으로 인해 푸른빛이 무성해졌고, 더 이상 잃을 것 하나 없는 소중함이 너에게 자리했을 거야. 그러한 너는 한 번도 제자리에 멈춰 선 적이 없지. 네가 언제나 너의 시간을 유유히 지켜가고 있기 때문에.

때로는 반대 방향으로 걸어가더라도 그 길이 자유로운 하늘을 나는 길이라면, 노란 꽃이 피어날 것이고. 숨이 막힐 것처럼 멈춰 서 있을 때도, 그 순간은 쑥스럽지만 안락한 보금자리가 될 거야. 너는 늘 너만의 색감을 지켜왔다는 걸 알게 될 테니까.

오늘, 하늘은 파랗고 구름은 비로소 자유를 얻었지. 그리고 너는 너의 글자들 속에서 의미를 찾아내지. 그 안에서 따뜻한 사람이라 말하는 너. 시원섭섭한 마무리는 가을의 아름다운 울림처럼 남는다. 고요 속에서 너는 더욱 깊은 너를 간직하며, 그 속에 가득 넘치는 사랑을 담아가길.

그러다 문득

삶에는 가끔 너무나 로맨틱한 순간들이 있다. 다시는 찾아낼 수 없을 만큼 강렬하고 아름다운 순간들. 잊을 수 없을 것 같았던 작은 기억들이 시간이 지나면 향수처럼 피어오른다. 한때는 그런 추억 속에 사는 것을 좋아했다.

흩어진 기억들을 '사랑'이라며 떠올리며, 그것들이 나를 빛나게 해줄 것처럼 기대했다. 내가 했던 사랑을 자랑하고 싶었고, 과거의 아픔을 핑계로 너무 많은 현재를 버렸다.

그러다 문득, 당신이 졸졸 흐르는 물결 같은 빛 속에서 나를 비춰주었다. 당신은 두 손을 모아 그 일그러진 시간들 속으로 나를 데려갔다. 하지만 그 순간,

나는 깨달았다. 사랑은 내가 생각한 특정한 순간들에만 머물러 있지 않다는 것을.

사랑은 거슬러 갈 수 없는, 위대한 곳에서 살아 숨 쉰다.

당신을 위해 쓰였던 시간들은 더 이상 나에게 돌아오지 않는다. 지나간 시간 속에서는 내가 주인공이 될 수 없다는 사실도 알았다. 그래서 이제는 지금을 위한 사랑을 하기로 했다.

한동안 나는 아름다운 물결만이 사랑이라고 믿었다. 이미 지나가 버린, 다시는 찾을 수 없는 순간들을 계속해서 꺼내어, 그때의 분위기 속에 머물고자 했다. 하지만 그 빛바랜 감정들은 더 이상 나를 채울 수 없다는 것을 깨닫는다. 그 순간들 역시, 그날의 사랑을 위해 그때 머물러 있어야만 했던 것이다.

사랑은 부족함마저도 품는다. 솔직히 말해, 나는 사랑보다는 그 기대감들을 믿고 있었다. 그리고 그런 기대감이 나를 다시 움직이게 했다. 당신이 만들어낸 수 많은 작은 순간들이 오랜 시간 동안 나에게 하나의 빛이 되어주었다.

작게 들리는 단어들

이 세상에서 누구도 완벽하게 상처를 치유할 수는 없습니다. 상처를 치료하는 과정 중에도 또 다른 마음의 상처가 생겨나기 마련입니다. 상처를 빨리 낫게 하려는 순간, 다른 부분이 곪아버릴 수도 있지요. 말끔한 상태란 그저 꿈일 뿐입니다.

내가 무심코 건넨 말이나 자주 쓰던 특정 단어가 상대에게 상처가 될 수도 있습니다. 내가 전하는 말이 상대에게 어떤 아픔을 주었는지, 상처를 주는 단어는 아니었는지 돌아볼 필요가 있습니다. 삶 속에서 어떤 이에게는 크게, 또 다른 이에게는 작게 들리는 단어들이 있지요. 그때는 상황을 떠나, 그 말이 가진 의미와 무게를 하나씩 따져봐야 합니다.

하지만 그 전에, 먼저 나 자신의 상처를 알아야 합니다. 내가 얼마나 사랑받았는지, 원하는 만큼의 사랑을 받지 못해 얼마나 더 사랑받고 싶어 했는지 스스로에게 물어야 합니다. 내가 가진 사랑의 그릇이 얼마나 크고, 그 그릇이 어떻게 쓰였는지 말이지요.

건강한 관계를 위해서는 타인에게만 집중하는 것이 아니라 나 자신을 먼저 들여다봐야 합니다. 나와 직접적인 대화를 나누는 것이 곧 나의 방식을 형성하기 때문입니다. 스스로와의 솔직한 대화가 건강한 관계의 출발점이지요.

사랑은 마음의 순간을 만들어냅니다. 감기는 차츰 나아질 기미를 보이지만, 마음은 그 치유 과정이 느껴지지 않고 어느 순간 중간 없이 보듬어지며 치유될 것입니다. 그러니 나 자신과의 대화, 그리고 타인과의 대화를 통해 그 과정 속에서 상처를 보듬고 나아가는 것이 중요합니다.

-

먼저 나 자신의 상처를 알아야 합니다.
내가 얼마나 사랑받았는지,
원하는 만큼의 사랑을 받지 못해
얼마나 더 사랑받고 싶어 했는지
스스로에게 물어야 합니다.
내가 가진 사랑의 그릇이 얼마나 크고,
그 그릇이 어떻게 쓰였는지를.

연년생

중학교 때까지 나는 동생과 거의 말을 하지 않았다.

서로 어색했고, 서먹했다. 한 배에서 나왔다는 것이
믿기지 않을 정도로, 우리는 너무 달랐다. 동생은 배
움이 빨랐고, 나는 느렸다. 동생은 늘 재빠르게 움직
였고, 나는 기다림 속에서 여유를 찾았다. 그런 차이
들은 자연스럽게 나를 비교의 대상이 되게 했다. 동생
이 나보다 공부를 잘한다는 사실은 오랫동안 내 안에
열등감으로 자리 잡았다. 나는 비교당하는 것에 익숙
해졌고, 그 열등감을 지키기 위해 나 자신을 무시하고
부정하는 시간을 보내왔다.

그런 순간마다 나는 그림을 그렸다. 그림으로 나를
채워나갔다. 어딘가에서 나는 차가워졌고, 동생과 달

라져야만 살아남을 수 있다고 생각했다. 나는 동생과 다르지 않으면, 존재할 수 없다는 절박함 속에 있었다. 더 가벼워지기 위해, 더 복잡해지기 위해 애썼고, 그 곁에서 사랑받기 위해 끊임없이 노력했다.

하지만 그마저도 미술 학원에서 동생의 동그란 메달을 보며, 입상하지 못한 나의 초라함에 무너졌다. 그 순간 나는 나의 재능을, 나의 노력을 의심했다. 다혈질이고 감정적인 내 모습, 욱하는 성격은 늘 나를 의심하게 만들었다. 그 부족함을 사랑하기 위해서는, 나와 다른 무언가를 인정해야 한다는 사실을 오랫동안 외면했다.

누군가를 이기기 위해, 누군가를 깊이 미워하지 못한 그림은 결국 오래가지 않는다는 것을 이제는 더 잘 안다. 그리고 그 미움이 나 자신을 향할 때, 나는 점점 더 메말라 갔다는 것도.

과거의 나와 지금의 나를 인정하지 않고서는, 내가 형이 될 수 없다는 사실을 깊이 생각하게 된다. 나는 한 때 동생을 이기려 애썼지만, 동생은 이미 훨씬 이전부터 나와의 다름을 인정했고, 그 다름을 오래 참고, 그 다름을 사랑해 주었다. 나보다 훨씬 큰 기질을 가진 동생을 보며, 나는 이제 그 다름을 받아들여야 한다는 것을 깨닫는다.

결국, 나와의 싸움에서 이겨야만 나는 진정한 형 노릇을 할 수 있을까..

어떤 작가로 살아갈지

작가가 되고 싶었다. 하지만 어떤 작가가 되고 싶은지 고민하지 않을 수 없었다. 작가가 된 후에도, 어떤 작가로 살아가야 하는지 끊임없이 고민해야만 했다. 그리고 그렇게 살아가는 동안, 이게 잘 사는 건지, 잘못 사는 건지 알지 못한 채로 결국 어떤 작가로 죽어야 하는지까지 생각하지 않을 수 없었다.

사랑은 나를 계속해서 말을 하게 만들었고, 그 말들은 점차 시가 되었다. 시가 되지 않도록 애쓰면서도, 나는 점점 시인에서 소설가로 변해가는 중이었다. 시인은 세계를 열고 닫고, 소설가는 시대를 열고 닫는다. 나는 그렇게 세계의 확장에서 시대를 구축하는 작가로 나아가고 있었다.

그 과정에서 나는 스스로를 별로라고 느꼈고, 나 자신을 미워했다. 좋아졌다가 싫어졌다가를 반복하는 나를 마주하면서, 그런 나를 실토할수록 누군가를 있는 그대로 사랑할 수 있다는 사실을 부정할 수 없었다.

 수많은 일들이 인정되지 않았고, 이해되지 않았으며, 받아들일 수 없었다. 하지만 문제는 상황도 나도 아니었다. 문제는 근본적으로 나에게 있지 않았다. 나는 언제나 문제보다는 질문이었고, 나 자신을 진정으로 받아들이지 못한 채 투박하게 살아가고 있었다. 그러한 모든 사실들 속에서, "괜찮아질 수 없다"는 말이 오히려 나를 가장 괜찮아지게 만들었다.

기다림은 멈춤

사랑은 나를 새롭게 살아가게 합니다. 늘 같다고 생각했던 버스 안, 지하철 안에서조차 나를 잠시 멈추게 하지요. 하지만 그 멈춤은 그냥 머무르는 게 아닙니다. 길은 여전하지만, 그 길을 바라보는 나의 기다림은 달라집니다.

그래서 기다리라는 말이 있나 봅니다. 기다림의 선물은 늘 같지 않으니까요. 때로는 둥글게, 때로는 축축하게 마음을 더 깊은 곳으로 움직입니다.

그 움직임이 어디로 가는지, 정말 중요한 걸까요. 혹은 그곳이 얼마나 중요한지에 대해 생각해 본 적 있나요. 어쩌면 기다림은 그저 과정일 뿐, 결국 중요한 건 그 시간 속에서 우리가 무엇을 느끼는가일지도 모릅니다.

 누군가가 작은 변화에 다다를 때까지, 누군가가 스
스로를 사랑할 수 있을 때까지, 나는 기다려 보렵니
다. 사랑을 기다리는 일은 아프고, 때로는 두렵습니
다. 나 역시 상처를 안고 살아왔고, 다시는 그런 아픔
을 겪고 싶지 않다고 생각했던 적도 있습니다. 하지만
그럼에도 불구하고, 나는 기다리겠습니다.

 내가 기다리는 것은 지나간 사랑도, 다가올 사랑도
아닙니다. 지금 여기, 이 순간을 살아가며 더 많이 웃
을 당신을 기다리는 겁니다. 사랑이라면, 당신이 그
사랑의 모든 모습을 간직하기를 바랍니다. 그 간직하
는 마음이 당신 안에서 피어나길 바라며, 나는 그저
그 생각만으로도 이 시간이 충분합니다.

그녀와 나의 자리

중학교 때 사생화 대회에서 저 뒤를 배경으로 그림을 그렸습니다. 저는 상을 받았고, 그때는 무척 기뻤습니다. 누군가 앉아 있던 자리인 줄도 모르고요. 그리고 오늘에서야, 그 자리가 엄마가 앉아 있던 자리라는 것을 알았습니다.

깨닫는다는 것은 누군가의 자리를 대신하는 것일까요. 나이가 들어서가 아니라, 내가 그 나이가 되었기에 그런 것이겠죠. 당신이 누군가를 아끼고, 생각하며, 또 사랑했던 오랜 시간 동안 머물렀던 그 자리에 내가 서 있는 나이가 된 것입니다.

그때 당신이 꾸었던 꿈의 나이에, 나는 이제 누군가를 생각하고 사랑하면서 나만의 꿈이 아닌 다른 꿈을

꾸고 있습니다. 그 꿈은 다시 당신에게로 돌아가, 당신의 자리를 아름답게 해줍니다. 내가 꿈을 가지면, 당신이 빛이 나고, 내가 당신만큼 나를 비워내면, 나는 당신만큼 나를 찾게 됩니다.

끝내 사라질 것을 알면서도, 당신이 있었기에 내가 있고, 당신이 없어지면서 그만큼 내가 되어갑니다. 그래서 사랑은 아름답게 잃어가는 과정인 것이겠지요. 이 과정은 아픔보다는 되찾을 수 없는 기쁨이고, 아쉬움보다는 유일한 기적입니다.

한 번도 부족한 적이 없었습니다. 사랑에게는 포기와 실패라는 말이 없었을 테니까요. 만약 내가 사랑이 이런 것이라고 단정 지었다면, 그것은 나의 오만이었을 것입니다. 끝이 어떻든, 끝과 상관없이 저는 언제나 사랑을 완벽한 기적이라고 믿을 것입니다.

노을

아직도 헷갈립니다. 먼저 "사랑한다" 말하면 정말로 사랑하게 되는 것일까요, 아니면 사랑해야 비로소 "사랑한다" 말하게 되는 것일까요. 그 경계는 늘 모호하고, 때로는 순서가 중요하다고 느껴지기도 합니다. 하지만 삶의 순간들은 언제나 그런 고민을 앞서가 버립니다.

오늘, 아빠가 영상통화를 걸어왔습니다. 평소와 달리 오늘따라 노을이 참 예쁘다며 나에게 보여주고 싶다고 하더군요. 화면 속에서 펼쳐진 노을은 온 세상을 붉게 물들이고 있었어요. 아빠는 말로 표현하지 않았지만, 그 순간을 나와 나누고 싶다는 그 마음이 고스란히 느껴졌습니다. 사랑이라는 말 없이도, 그 노을은 나에게 "사랑한다"는 메시지처럼 들렸습니다.

순간이 소중하다는 것, 그 순간이 곧 사랑이라는 것을 깨달았습니다. 그토록 어여쁜 순간들이 언젠가 끝내 사라질 것임을 알고 있음에도, 우리는 그 순간을 소중히 간직하고 싶어 하는 것 같습니다. 사랑은 결국, 흩어지고 싶지 않은 마음에서 비롯되는 거겠죠.

그리고 문득 깨달았습니다. 사실, 사랑에 순서는 중요하지 않다는 것을요. 우리는 때로 그 순서를 너무 따지며 얽매여 있지 않은 듯하면서도, 순서에 얽매여 있었습니다. 사랑은 언제나 그 모든 틀을 넘어서는 것인데 말이죠. 사랑이 먼저인지, 말이 먼저인지 고민할 필요가 없는 것입니다. 그저 느낄 때, 그 순간에 충실한 것이 중요하다는 것을 이제야 조금씩 알게 됩니다.

그러니, 사랑한다는 마음이 달아나기 전에 말해야 겠어요. 아직 말로 표현하지 않아도 이미 마음은 사랑으로 가득 차 있다는 것을, 지금 이 순간, 당신에게 전하고 싶습니다.

"당신을 많이 사랑한다고 말하기 전에, 이미 사랑하고 있어요."

진정 사랑이 주는 행복

나를 통해 보고 느끼는 세상은 참 아름답습니다. 무엇보다 빠르고, 시원하며, 직관적이지요. 나는 멈추지 않고, 원할 때면 언제든 열정적으로 나를 태울 수 있습니다. 아낌없이 준다는 게 무엇인지 정확히 알지 못하면서도 말이죠.

그런데도, 진정한 사랑이 그 안에 있다면 깨닫게 됩니다. 내가 사랑하는 사람을 통해 얻는 세상이 더 아름답고 값지다는 것을. 그리고 타인의 동의 없이는, 나를 온전히 사랑할 수 없다는 사실을 말이죠.

우리는 결국 사랑이 아닌, 우리 자신을 배우고 있는 겁니다. 세상은 이미 아름다웠지만, 만약 그 사람이 아니라면, 그 이후의 시간이 아니라면, 그저 아름답기만 할 뿐, 나를 위한 일만 남아 있을 것입니다.

하지만 그것이 진정 사랑이 주는 행복일까요.

사랑은 나를 넘어서, 타인을 통해 더 깊은 아름다움을 발견하게 해 줍니다. 그리고 그 속에서, 진정한 행복이 시작되는 거죠.

\-

엄마, 그리움이란 것이 참 힘들지?
눈이 내리는 창문 밖만
하염없이 바라보잖아.

바다와 파도에 일상

내게 위협적인 위태로움은 없다. 나는 그걸 상대하지 않기 때문이다. 인생의 어려운 단계들은 흐름 속에서 분리된 채 흘러가 버린다. 바다와 강이 만나는 지점처럼, 거기서 느껴지는 파도는 반드시 위험하거나 무서운 것만은 아니다.

파도는 때로 난관이나 고비를 의미할 수 있지만, 그보다 더 중요한 건 그것이 나에게 무엇을 말해주는가 하는 것이다. 파도가 밀려올 때, 나는 그 속에서 두려움과 불안이 얼마나 자리 잡고 있는지를 확인할 수 있다. 그 순간은 나 자신을 더 깊이 들여다볼 수 있는 기회다.

바다는 늘 변함없이 존재하지만, 그 파도의 크기와 속도는 날마다 다르다. 마찬가지로, 우리의 삶에도 늘 크고 작은 파도가 찾아온다. 어떤 파도는 두렵고, 어떤 파도는 그저 지나가는 일상처럼 느껴진다. 나는 그 파도들을 맞이하면서, 내 안의 불안이나 두려움이 어디에 있는지 귀 기울인다.

결국 그 파도는 나를 또 다른 나로 만들어가는 과정이다. 파도에 몸을 맡기며, 나는 더 단단해지고, 더 유연해진다. 바다는 그 자체로 나에게 많은 이야기를 들려준다. 위협적인 것만이 아니라, 그 속에 담긴 깊이를 이해하고 받아들일 때, 나는 나 자신을 조금 더 깊이 이해하게 된다.

얽매이지 않으려는 결심

내가 어떤 사람인지 알기 위해선, 과거를 뒤쫓아서
는 안 된다는 걸 경험을 통해 배웠다. 한동안 나는 과
거에 얽매여 살았던 적이 있었다. 그 시절은 내게 안
식처가 될 수 없었고, 오히려 마음을 더 불안하게 만
들었다. 내 내면은 나만이 열 수 있는 잠금의 공간이
었다. 방 안으로 들어오는 빛처럼, 내가 허락한 감정
들이 내 안으로 들어왔다. 그 열쇠가 어디 있는지, 내
가 이미 알고 있었던 셈이다. 그런데도 때로는 그 열
쇠가 숨겨져 있다는 두려움에 빠지곤 했다.

내가 지나온 시간들 속에서 많은 것들이 내 마음을
흔들었다. 때로는 누군가의 무심한 말이나, 나를 재촉
하는 사회적 압박이 여유를 빼앗아 갔다. 돈이나 물질
적인 것보다 더 깊은 곳에서, 사람들은 가끔 내게 딱

하고 가여운 사람이라는 시선을 던지기도 했다. 그런 시선이 나를 불편하게 했고, 나도 모르게 흔들렸던 순간들이 있었다.

　하지만 그럼에도, 나는 반드시 대답했다. 실수를 두려워하지 않겠다고, 완벽할 필요는 없다고. "실수는 없어야 한다"는 말은 그저 압박이었고, 나는 그것에 얽매이지 않기로 결심했다. 중요한 건 내가 마음먹은 대로, 언젠가 할 수 있는 일들을 믿는 것이다. 그 믿음이 나를 지금까지 지켜왔고, 앞으로도 그럴 거라는 것을 깨달았다.

화를 내는 딱 한 가지 이유

가끔, 아니 꽤 자주, 나이가 들어가면서 점점 더 귀가 잘 들리지 않던 할아버지를 무시했던 저 자신이 떠오릅니다. 그때는 몰랐습니다. 그 무심한 행동들이 문득 문을 열고 닫듯, 마음속에 새어 들어왔다는 걸 말입니다.

할아버지는 자신에게 향하는 어린 말들과 행동들을 손자라는 이유 하나로 너그럽게 눈감아주셨습니다. 아무 말 없이 미소 지으며 나를 내버려두셨죠. 그런 점잖은 할아버지께서 가끔 화를 내시거나 부탁하신 적이 있었는데, 그때는 딱 하나였습니다. 누군가 할머니를 힘들게 했을 때였습니다.

할아버지는 할머니가 힘들어하는 것을 결코 견디지 못하셨습니다. 할머니를 향한 그의 사랑은 그 어떤 말보다도 깊었습니다. 타인의 이름을 부르며 잘되길 원하고, 그를 위해 모든 것을 줄 수 있을 만큼 자발적이었던 그 사랑. 할머니를 위해서가 아니라, 오로지 할머니의 존재 그 자체를 위해 살아가는 삶이었습니다.

그런 삶을 지켜보며 문득 스스로에게 묻게 됩니다. 나는 과연 그렇게 살 수 있을까요. 사랑하는 사람의 일을 나의 일처럼 여기고, 그 사람을 위해 모든 것을 다할 수 있는 삶. 할아버지는 자신의 사랑을 등 떠밀린 것처럼 하지 않으셨습니다. 그분에게 사랑은 그냥 당연한 것이었고, 자연스러운 것이었으니까요.

그런 삶을 산다는 것은 무엇일까요. 타인을 위해, 더 나아가 그 사람의 존재를 위해 살아가는 것. 그것이 바로 할아버지가 보여주신 사랑의 방식이었습니다. 저는 그 삶을 이해하려 노력하며, 그 마음을 담아 살아갈 수 있을지 고민하게 됩니다.

고독의 원천

혼자 밥을 먹고, 혼자 책을 읽으며, 혼자만으로 나를 견뎌내는 자발적인 고독의 시간들. 이 고독은 나와의 사투와도 같았다. 당장 닥쳐오는 모든 것들이 나를 소홀하게 만드는 것만 같았고, 그로 인해 나를 지키지 못하고 있다는 생각이 스쳤다. 내 안에서 버려지고 있는 것들이 결국 내가 되지 못할까 봐, 그게 가장 두려웠다.

나를 품을 수 없었던 사람들의 모진 말들은 결국 내 마음에 깊이 심어지지 못하고 다시 돌아가더라. 말들이 꼭 길만을 되돌아가는 것은 아니었다. 그 말들은 나의 사랑처럼, 결국 그들의 어딘가로 흩어져갔다.

돌이켜보면, 나를 지키는 방식은 단순히 묵묵히 견뎌내는 것이 아니었다. 때로는 붉어지고, 울면서도 숨기지 않는 그 감정들이 오히려 나를 지켜내는 가장 진솔한 방식이었음을 깨닫게 되었다. 감추고 싶지 않았던 마음, 그 진실한 순간들이야말로 내가 나를 사랑하는 방법이었으리라.

고독 속에서도 나는 나를 놓지 않았다. 혼자서도 충분히 나를 사랑하고, 나를 지킬 수 있는 힘이 거기에서 나왔다.

마음의 비옥함

비가 오고 나서 지렁이들이 땅 위로 올라오는 걸 보며, 이 주변 땅이 비옥하다는 생각을 했다.

마음이 슬플 때도 비가 내리면, 나도 모르게 내 안에서 무언가 꿈틀거리며 올라온다. 숨을 쉬기 위해 지렁이가 땅 위로 올라오듯이, 깊은 곳에서부터 억눌린 감정들이 스멀스멀 올라오는 것 같다. 어릴 적 내뱉지 못했던 외침들, 그때부터 시작된 작은 움직임들이 내 안에서 아득하게 느껴진다.

어린 시절, 기억은 좋고 나쁨을 구분하기 힘든 시끄러운 소음처럼 들렸다. 어른이 되고 나서도 똑같은 상처를 받고 싶지 않은 마음이, 사람들과의 대화 속에서 무미건조한 소리로 남는다. 주고 싶지 않지만, 사랑은 받고 싶은 그 이기적인 마음이 다시금 내 안에서 올라온다. 상처를 덮어두는 습관이 쌓일수록, 그 습관은 더 깊어져 간다.

누군가 나에게 묻는다면, "나 자신을 가장 먼저, 가장 많이 사랑하고 있는가?" 그 질문에 얼마나 자신 있게 대답할 수 있을까. 얼마나 진심으로 그 말에 동의하며, 기뻐하고, 또 슬퍼할 수 있을까. 내가 얼마나 성실히 아파하고, 죽을힘을 다해 사랑할 수 있을까.

울어야 할 때 눈물이 흘러준다면, 적어도 그 마음에는 가뭄이 들 걱정은 없을 것이다. 내 안에서 올라오는 감정들을 마주하고, 그 속에서 내가 나를 더 사랑하는 법을 배워가는 과정이 아닐까.

빛의 발굴

과거에 좋아했던 것들을 자주 떠올리는 것만으로도, 현재를 흘려보내는 게 괜찮다고 여긴 적이 있었다.

마음먹고 시간이 충분히 여유로워서, 좋아하는 것들을 찾아낼 수 있다면 얼마나 좋을까. 하지만 쏟아부은 만큼 결과가 보이지 않으면 조급함이 들고, 그 조급함이 좌절로 이어진 시간도 있었다. 언제나 느끼지만, 문제의 원인은 방법론이 아니었다.

좋아하는 것들은 나의 시간에 얽매이지 않는다. 바쁘고, 아프고, 시간이 부족해도 그들은 존재한다. 문제는 내가 그걸 알아채지 못하고 지나친다는 것. 내가 무언가를 사랑하고, 아끼고 있을 때는 시간이 아니라 마음이 앞서고 있는 순간이다.

좋아하는 것들을 어떻게 묻느냐가 중요하다. 나의 손과 발이 어디로 향하는지, 무엇을 붙들고 있는지. 그 일을 하기 위해 어떤 핑계를 대는지, 그리고 내가 어떤 것에 반응하는지 살펴보면 답이 보인다.

그것들은 빛을 찾아 발굴하는 현장과 같다. 힘들고, 수고스러운 일이라도 그 속에서 내가 하고 있는 것들이 눈에 보인다. 그리고 그 일들이 나에게 얼마나 큰 기쁨을 줄지 기대하게 된다. 결국 내가 좋아하는 것은 항상 나를 향해 존재하고 있었다. 단지 내가 놓치고 있었을 뿐이다.

깊이 스며드는

정말 좋은 글은 마음속에 깊은 흔적을 남긴다. 시키지 않아도 자연스럽게 사랑하게 만들던 시간처럼. 허전한 마음을 채워주는 글이 나에게 맞는 글이라고 생각했었다. 그렇게 믿었고, 지나고 나니 그 생각도 나의 일부였다는 걸 알게 된다.

마음의 문이 열린 채로 살아가는 건 어쩌면 불가피한 일이었다. 그런데 왜 나는 '채워져야 한다'는 생각에 사로잡혀 살았을까. 아마도 우리가 '스며든다'는 감정을 '채워진다'는 느낌과 혼동하기 때문일 것이다. 이는 문제라기보다 착각에 가깝고, 그 차이를 구분하기란 번거로운 일이다. 하지만 사랑은 그 미묘한 차이를 언제나 알려준다.

처음부터 마음을 '비어 있는 자리'라고 부르는 것이
내게는 잘 맞지 않았다. 마음은 물질이나 물체가 머무
는 공간이 아니라, 깊이 스며드는 곳이다. 잘하고 못
함을 떠나, 마음은 자연스럽게 무언가를 받아들이고,
그 뿌리는 보이지 않는 곳까지 깊숙이 내려간다.

'채워진다'는 것은 일시적이다. 반면 '스며든다'는
것은 영구적이다. 채워진다는 것은 그저 비어 있던 공
간을 메우는 일이고, 스며든다는 것은 마음 전체로 깊
이 느끼는 것이다. 쾌락과 사랑도 마찬가지다. 쾌락은
잠시 채워지지만, 진정한 행복은 마음에 깊이 스며드
는 것이다.

엉금엉금 사랑의 시차

날씨가 흐릴수록 마음은 더 복잡해진다. 해가 멀어지고 구름이 가득 차면 빛은 점점 사라진다. 이때부터나 자신을 제대로 보고 찾는 일이 쉽지 않다. 누군가는 어둡고 흐린 날이야말로 우리가 그 대상을 얼마나사랑했는지 알 수 있는 때라고 했다. 빛이 사라진 것같아도, 사실 여러 곳에 숨은 것뿐이다. 빛은 당신의시간에 맞춰 나타날 준비를 하고 있다.

요즘 세상은 빛이 어디서 왔는지보다, 어디로 갔는지를 찾는 데에만 집중한다. 하지만 지는 빛도 중요하다. 내가 어디에 있는지, 나의 빛이 어디서 시작되었는지 알게 된다면 길을 찾을 수 있을 것이다. 현대인의 삶은 잃어버리거나 잊어버리기 쉽다. 매일 마주하는 것들을 지키기 위해, 다시는 볼 수 없는 것들을 희생하기도 한다. 때로는 나와 상관없는 관계나 사랑 속에서 휩쓸려가고, 그 결과는 복잡하게 얽혀 마음을 홀가분하게 만들지 않는다.

원래 내 것이 아닌 것들은 살살 사랑해야 한다. 내가 다루지 못하는 감정들은 슬픔이 슬픔인지, 기쁨이 기쁨인지조차 분간하기 어렵게 만든다. 바람이 불 때 아프지 않고, 파도가 칠 때 쓰라리지 않으면 덧난 마음만 남는다. 우리는 무엇에 기쁘고 슬픈지 궁금해하지 않는 것이 병이다. 끝을 정리하지 않으면, 내가 왜 아픈지는 알아도 내가 어떤 표정을 짓고 있는지는 모르게 된다.

원래 내 것이 아닌 마음을 두고 떠난다는 것은 참 힘든 일이다. 결국 우리는 영원을 다 알지 못하고, 사랑의 시차는 언제나 한발 늦게 다가온다. 지금이 그때임을 깨닫지 못하게 하도록 그렇게 말이다.

사랑이 바닥나고

여름이 다가오면 가을의 쓸쓸함을 미리 준비해야 할 때가 있다. 여름에 피어난 감정을 정리하며, 한 사람의 공백을 맞이할 마음의 준비를 하는 것. 나에게 여름 끝자락은 언제나 그런 숙제를 안겨준다. 한여름에 당신을 추억했으니, 가을에 다가올 당신을 잘 대비해야 하지 않겠는가. 사랑이 바닥나고 마음의 무게가 덜어지면, 나는 여름에서 가을로, 지난여름에서 다음 가을로 넘어가게 된다.

계절이 바뀔 때마다 사람들의 향기가 떠오른다. 지나온 사람, 지나가는 사람, 그리고 지나갈 사람. 실타래처럼 복잡한 관계 속에서 계절의 변화를 감지하곤 한다. 때로는 좋은 순간들 속에서도 마지막을 예감한다. 그런 예감은 인간만이 느낄 수 있는 특별한 감각이 아닐까. 우리는 그 감각에 반응하고 동요하며, 그 순간의 의미를 찾으려 한다.

　모든 순간은 사람과 시간에 따라 변한다. 순간의 질감이 다르기에, 계절도 사랑도 같을 수 없다. 때로는 받아들인 것 같았던 계절이 나를 속이기도 하고, 받아들이지 못한 사랑이 후에야 설명 가능해질 때도 있다. 그래서 모든 순간은 후회하기엔 아깝다. 그 순간이 완전히 내 것이 아니었던 때도 있었으니까.

　순간은 설명이 부족하다. 그래서 우리는 계절을 빌려 그것을 기억한다. 어떤 날의 웃음과 계절의 향기를 타고 당신이 떠오른다. 그 기억 속에서 당신은 그때 그 모습으로 나타나, 나무 의자에 앉아 있다. 이제는 더 이상 떠난다는 말도, 미움도 남지 않는다.

사랑하는 당신에게

비가 올 것 같은 날이면, 당신은 어김없이 창문을 반쯤 열어 놓곤 했죠. 어딘가로 떠나간 그 사람을 조용히 반기듯이 말이에요. 당신의 눈길은 창밖을 향하지만, 그곳에 무언가를 붙잡으려 하진 않았죠. 그 사람을 보내지 못한 마음이 아직도 그 자리에 남아 있는 것처럼 느껴졌어요.

그 사람은 내가 줄 수 없었던 것까지도 주겠다고 믿었던, 당신이 사랑했던 사람이었겠죠. 당신은 그가 어디 있는지, 어떻게 지내는지 궁금하지 않다고 말하곤 했어요. 하지만 당신의 그 말 뒤에는 그리움이 숨겨져 있음을 나는 알 수 있었어요. 사랑했기에 물어보는 거잖아요. 그 사람의 안부는 이제는 묻지 않아도 될 것 같지만, 당신 마음속에는 그가 자리 잡고 있다는 걸

부정할 수는 없겠죠.

 당신이 은은한 골목을 걸으며 그 사람을 떠올릴 때면, 기억의 골목을 하나씩 넘나드는 듯해요. 그 골목 속엔 당신과 그 사람이 함께했던 시간들이 주렁주렁 걸려 있어요. 당신이 한 발 한 발 내디딜 때마다 그 시간들이 살짝 흔들리며 당신의 마음속으로 흘러들어오죠. 그리고 그 순간, 당신의 마음속 파도는 그 사람의 얼굴을 비추며 일렁이기 시작해요. 그리움이란 이름으로요. 그러다 당신의 마음속 파도는 잠잠해지고, 그 순간 당신은 더 이상 그를 미워할 수 없게 돼요.

 혹시 당신은 아직 떠나기엔 시간이 부족한 걸까요. 그 사람이 떠난 자리에서, 당신은 그와의 시간을 보내고 있는 것 같아요. 마음을 정리할 수 없는 건지, 아니면 떠나가는 것이 두려운 건지, 그 사람과의 기억들이 당신을 붙잡고 있는 건 아닌가 싶어요. 이미 그 사람은 멀리 떠났을지 모르지만, 당신의 마음속에서 그는 생생하게 남아 있는 것처럼 보이네요.

누군가는 시간이 지나면 모든 상처가 치유된다고 하지만, 그것이 당신에게는 그리 쉽지 않다는 걸 알아요. 당신에게는 시간이 조금 더 필요할지도 모르겠어요. 그 사람을 완전히 떠나보내기에는, 그 기억을 정리하기에는 아직도 마음이 준비되지 않은 듯 보이거든요. 어떤 사랑은 쉽게 잊히지 않아요. 그 사람이 남긴 흔적이 너무 깊다면, 그 상처마저도 소중하게 느껴질 때가 있잖아요.

비 오는 날, 모든 것이 잠시 멈춘 것처럼 느껴질 때가 있죠. 비의 리듬에 맞춰 천천히 흐르는 시간 속에서 당신의 마음도 차분해지고, 그 사람에 대한 생각이 자연스럽게 떠오르는 것 같아요. 그가 떠난 자리에 남겨진 당신의 마음은 아직도 그곳에 머물러 있지만, 언젠가는 그 빈자리를 받아들이게 될 날이 올 거예요.

당신이 떠나간 사람을 붙잡고 있는 그 마음이 때로는 무겁고 버거울지 몰라도, 그 마음은 당신이 얼마나 깊이 사랑했는지를 보여줘요. 사랑은 그리움이자 기다림이니까요. 당신은 그 사람을 잊지 않으면서도, 천천히 자신만의 속도로 그 사랑을 정리하고 있는 중이에요. 그리고 비 오는 날이면, 그 사랑을 다시 떠올리며 그가 남긴 감정들을 조금씩 흘려보내고 있어요.

비가 그치면, 당신은 다시 창문을 닫고 일상으로 돌아가겠죠. 하지만 그 짧은 순간, 비 오는 날의 그리움 속에서 당신은 그 사람을 떠올리고, 그가 남긴 사랑의 흔적을 다시 한번 확인하겠죠. 사랑이 바닥났다고 느낄 때에도, 그 사랑은 여전히 당신 속에 남아 있다는 걸 저는 알고 있어요.

있잖아요. 당신의 시간에 맞춰 나를 용서해주세요.

-
있잖아요.
혹시 당신의 시간이 되었나요
벽시계 뒤를 돌려
당신의 시간을 맞춰주세요
그리고 당신의 시간에 맞춰
나를 사랑해주세요.
그것도 안된다면 사랑했다고 해주세요.
사랑이 맞았는지 얼마나 사랑했는지
궁금해지잖아요.

추천사
박정우(시소년)

  '언젠가 사랑이 그랬습니다'는 작가가 자칭하는 '문학개척가'의 의미를 관통하는 작품이었습니다. 사랑이 무엇인지보다 서로 사랑하는 법을 애정 어린 문장으로 느낄 수 있었습니다. 좋은 글은 일상과 멀지 않다는 말처럼, 책에 흠뻑 빠진 시간은 곁에 머무는 흩뿌려진 마음을 온기로 오므리는 일과 같았습니다. 낡은 기억이 추억이 되는 장면을 떠올립니다. 증오가 사실은 사랑이었음을 깨닫습니다. 찌푸린 미간은 옛날 동그란 동공을 품던 마음의 그릇이었습니다. 시선이 활자에서 일상으로 향할 때 미워하던 것들을 사랑하게 되었습니다. 때때로 몇몇 문장은 애정하는 이들보다 저를 더욱 안아주었습니다. 우린 가끔 아픔과 상처, 미련과 잡념의 넝쿨 속에 묶여 있습니다. 책을 덮고 보니 발목을 부여잡은 건 사실 어린 날의 나였다는 사실을 알아버렸습니다. 저는 어제와 달리 그 친구를 안아줄 수 있었습니다. 어쩌면 이러한 마음의 성장이 작가에게는 또 다른 의미의 개척이지 않을까, 생각해 보았습니다. 겨울이 옵니다. 그저 한 장 한 장이 당신에게 땔감이 될 수 있을 것 같았습니다. 그렇게 또 한 번 웃었습니다.

언젠가 사랑이 그랬습니다

초판 1쇄 발행 2024년 12월 23일
초판 1쇄 인쇄 2024년 12월 23일

지은이   유형길

디자인   포레스트 웨일
펴낸곳   포레스트 웨일
출판등록   제2021 - 000014 호
주소   충남 아산시 아산로 103-17
전자우편   forestwhalepublish@naver.com

종이책   979-11-93963-67-8

작가님들과 함께 성장하는 출판사
포레스트 웨일입니다.
작가님들의 소중한 원고를 받고 있습니다.
forestwhalepublish@naver.com